ME ENGANA QUE EU GOSTO

Arthur Bloch é o autor dos livros da série *Lei de Murphy*, que já foram publicados em mais de trinta países e venderam milhões de exemplares no mundo inteiro. Desde 1986 é produtor-diretor de *Thinking allowed*, uma série da televisão aberta que apresenta entrevistas com os mais importantes pesquisadores e eruditos do mundo em áreas do desenvolvimento pessoal e espiritual, filosofia, psicologia e fronteiras da ciência. Bloch também dirige a Hypersphere, uma empresa de *design* da internet. Mora em Oakland, Califórnia, com a mulher, Barbara.

Arthur Bloch

CURE-SE COM O MÉTODO DOCE ILUSÃO

Tradução de Reinaldo Guarany

temas de hoje.

Copyright © Arthur Bloch 2002

Título do original Healing yourself with wishful thinking

Capa Pimenta Design

Imagem da capa © Waha / Photonica

Preparação e revisão Mineo Takatama

Coordenação editorial AGWM Artes Gráficas

DADOS INTERNACIONAIS DE CATALOGAÇÃO NA PUBLICAÇÃO (CIP)
(CÂMARA BRASILEIRA DO LIVRO, SP, BRASIL)

    Bloch, Arthur, 1948 –
       Me engana que eu gosto : cure-se com o Método Doce Ilusão / Arthur Bloch ; tradução de Reinaldo Guarany. — São Paulo : Editora Planeta do Brasil, 2004.

       Título original : Healing yourself with wishful thinking.
       Bibliografia.
       ISBN 85-89885-10-0

       1. Auto-ajuda – Técnicas – Humor, sátira etc.
       2. Autocuidados de saúde – Humor, sátira etc.
    I. Título.

04-0139   CDD-818.02

ÍNDICES PARA CATÁLOGO SISTEMÁTICO:
1. Auto-ajuda: Tratamento humorístico :
    Literatura norte-americana   818.02

2004

Todos os direitos desta edição reservados à

EDITORA PLANETA DO BRASIL LTDA.

Al. Ministro Rocha Azevedo, 346, 8º andar

01410-000 — São Paulo — SP

Aos convidados de *Thinking allowed*, cuja profundidade de compreensão e compaixão permitirá, espero, que apreciem esta obra com o espírito com que é oferecida.

O QUE AS PESSOAS ESTÃO DIZENDO SOBRE
ME ENGANA QUE EU GOSTO

"Tentei toda forma de medicina alternativa que pude imaginar para curar meu chulé. *Me engana que eu gosto* foi a única coisa que funcionou. Obrigado. Obrigado. Obrigado."

B. H., Chicago, IL

"Justamente quando eu achava que nada jamais andaria nos trilhos em minha vida apareceu seu livro *Me engana que eu gosto*. Agora tudo é cor-de-rosa. Acho que eles vão me soltar logo."

R. T., Napa, CA

"Quem iria saber que cura poderosa poderia ser *Me engana que eu gosto*. Se alguém me dissesse, eu pensaria que era apenas doce ilusão."

J. Q., Wichita, KS

"Perdi meu dedo mindinho quando era apenas uma criança. Desde que passei a usar seu programa *Me engana que eu gosto*, tenho certeza de que o coto está começando a crescer."

L. S., Manchester, UK

"Sua técnica de 'não se importando' funcionou para mim a partir do minuto que experimentei. Nem consigo lembrar o que acabei de dizer."

K. M., Los Angeles, CA

"Depois de assistir ao seu seminário sobre o método Doce Ilusão, tentei andar na asa do avião, coisa que sempre quis fazer. Os médicos dizem que tenho sorte por ter sobrevivido, mas sei que não foi sorte."

O. T., Milão, Itália

"Ano passado fiquei tanto de cabeça para baixo que todos os meus *chakras* se embaralharam. Graças a seu livro, eu agora os tenho de volta na ordem certa."

S. W., Sedona, AZ

"Quando minha namorada me deixou, tentei todas as técnicas de recuperação que pude encontrar. Nada funcionou, até que experimentei seu método passo a passo para 'pôr culpa'. Obrigado."

B. L., Las Vegas, NV

SUMÁRIO

PREFÁCIO 11

1 **RELAXE E MEDITE**
A CABEÇA VAZIA 14

2 **VISUALIZE ISSO**
CRIE ENQUANTO ANDA 18

3 **SEU DESEJO É SEU COMANDO**
TENHA CUIDADO COM O QUE VOCÊ PEDE 22

4 **PREPARANDO SEU SANTUÁRIO**
CRIANDO UM LUGAR ESPECIAL 25

5 **ESTABELECENDO METAS**
... E MOVENDO-AS PARA TRÁS 29

6 **SEU GUIA ESPIRITUAL**
UMA VOZ ALÉM DA RAZÃO 32

7 **VIBRAÇÃO, *CHAKRAS* E VOCÊ**
MUZAK DAS ESFERAS 36

8 **ACEITANDO PERDA E MUDANÇA**
OS CONSOLOS DE CULPAR-SE 45

9 **A CHAVE DA RECUPERAÇÃO**
REFAÇA-SE DISSO 49

10 **PREVENINDO O ABUSO DA CRIANÇA INTERIOR**
PROMULGUE SUA PRÓPRIA LEI DE MEGAN 55

11 **ESQUECIMENTO POSITIVO**
OBRIGADO PELAS LEMBRANÇAS... NÃO 60

12 **A VIDA É APENAS UM SONHO**
SUA VIDA SE BASEIA NUMA HISTÓRIA VERDADEIRA? 65

13 **OTIMISMO EMBRIAGADO**
ACENTUE O POSITIVO 70

14 **SIGA SUA INTUIÇÃO**
SABENDO O QUE É BOM PARA VOCÊ 73

15 **IMUNIDADE TOTAL**
TRAVESSURAS TURBULENTAS DE MENTE-CORPO 79

16 **SACO DE SURPRESAS COM DIAGNÓSTICOS**
VIDAS PASSADAS, ABDUÇÃO POR EXTRATERRESTRE,
ABUSO SATÂNICO E OUTROS 84

17 **MEDICINA ALTERNATIVA ALTERNATIVA**
OS PRAZERES DO FETICHE 91

18 **SEJA UM XAMÃ**
EXPLORANDO SUAS RAÍZES TRIBAIS 98

19 **GUARDIÃO AO MEU LADO**
OU: QUANTOS ANJOS PODEM DANÇAR
NA CABEÇA DE UM DEBILÓIDE 106

20 **MUDANDO DE CANAL**
ALÔ, POR FAVOR, QUEM ESTÁ FALANDO? 113

21 **O PODER DE CURA DA CONFUSÃO**
AS BASES CIENTÍFICAS DO DOCE ILUSÃO 118

22 **ALÉM DA CIÊNCIA**
A MANEIRA DA ARROGÂNCIA LEVIANA 122

23 **HUMOR E ORAÇÃO**
QUANDO TUDO O MAIS FALHA 126

LEITURA RECOMENDADA 131

PREFÁCIO

NÃO ME ENTENDA MAL

Não sou dessas pessoas que acham que a ciência tem todas as respostas. Ou algumas respostas para as questões verdadeiramente importantes no que diz respeito a isso. Sentido da vida, propósito, vontade, livre-arbítrio, intenção, o motivo pelo qual as mulheres acham John Malkowich atraente — são questões que podem estar para sempre além da explicação científica.

Com relação a saúde e bem-estar, tema deste livro, quem pode dizer o que funciona e o que não funciona? Com certeza, não quero seguir o conselho de um profissional médico para o qual "euforia" é uma reação adversa.

Contudo, a ciência parece desempenhar um papel aqui. Mesmo quando vemos comentários *on line* a respeito do assunto dizendo que "nós evoluímos além da necessidade de prova científica", não existe um único guru, curandeiro, intérprete de *chakra*, terapeuta de vidas passadas, cristalomante, consultor vibracional ou conselheiro espiritual que não fique satisfeito quando até mesmo uma pequena parte desse trabalho é "confirmada" por experiência científica.

Quando a Igreja Católica recorre à ciência para reconhecer o sudário de Turim, percebemos que o manto de autoridade foi passado oficialmente dos árbitros da verdade baseados na fé para aqueles do *establishment* científico.

E ainda assim conservamos o direito às nossas crenças não científicas.

Uma pesquisa na internet a respeito de *chakras* disponibiliza 120.000 opções; para comunicação espiritual, 118.000; reencarnação, 144.000; carma 415.000; astrologia, 1,6 milhão; e, para anjos, uma montanha: 2.070.000 páginas.

Assim, se a ciência é a autoridade, não há nenhuma escassez de sentimento antiautoritário.

Meu próprio currículo me coloca numa posição de apreciar tanto as alegrias como as ciladas da auto-ajuda, da Nova Era e dos movimentos de recuperação. Como produtor da série de televisão aberta *Thinking allowed* durante dezesseis anos, conheci e conversei com centenas de escritores e pensadores inteligentes e proeminentes das áreas de psicologia, filosofia, desenvolvimento pessoal e espiritual e das fronteiras da ciência. Por outro lado, como autor de dez livros da série *Lei de Murphy*, sou um rabugento profissional cujo trabalho é zombar das hipocrisias e dos ridículos da vida moderna.

Soube que estão fazendo muita pesquisa séria e inteligente em campos de estudo alternativos, assuntos fora dos limites auto-impostos da ciência do *establishment* e da academia. Existe também um bocado de baboseira em nome da verdade superior, uma porção de lugares-comuns simples demais disfarçados de espiritualidade, retórica superamplificada em nome da sabedoria e conversa oca saindo pelo ladrão sobre como você e eu devemos viver nossa vida.

Então, de que trata este livro? Do quanto podemos desviarnos da realidade a serviço de nossa procura de sentido. Das coisas estrambóticas das quais podemos nos convencer quando andamos com outras pessoas de cabeça igual. Das coisas que as pessoas irão fazer e dizer para ganhar uma grana, escrever um livro, ganhar aprovação, obter controle, ou para se excluir do resto das massas ignaras.

Mas é principalmente de não nos levar tão a sério.

Arthur Bloch
Oakland, Califórnia

1
RELAXE E MEDITE

A CABEÇA VAZIA

Este volume contém exercícios e sugestões para ajudá-lo a conseguir um ponto ótimo de saúde, felicidade e bem-estar, tudo com um mínimo de esforço e pouca, ou nenhuma, responsabilidade pessoal. Você descobrirá que os exercícios funcionam ao máximo quando estiver à vontade e relaxado. Especialistas nessas questões concordam que tais procedimentos são mais eficientes quando suas defesas estão abaixadas e seus poderes de raciocínio e senso comum, em repouso.

Introduziremos neste capítulo uma técnica simples para produzir um estado de espírito receptivo, criativo e totalmente não-crítico, que você achará inestimável para a visualização, intuição e outros exercícios a seguir.

Vai depender de você simplesmente relaxar-se ou procurar conseguir o estado tecnicamente mais desafiador que chamamos de "meditação". Relaxamento e meditação são, em essência, indistinguíveis aparentemente. Outras pessoas não têm como saber, de modo que são obrigadas a aceitar sua palavra. Eles são também quase sempre indistinguíveis internamente, de modo que essa é uma área em que um pouco de auto-ilusão pode levar longe.

Sem dúvida, existem diferenças importantes entre meditação e simplesmente fechar os olhos para repousar. Algumas posturas meditativas são tão torturantes que impossibilitam qualquer idéia de relaxar. E algumas posições relaxadas — como deitar de costas e roncar — não enganam ninguém.

Mas, de modo geral, para nossos propósitos não importa se você está de fato meditando ou apenas visitando o local de retiro espiritual com a esperança de dar uma trepada. Você não precisa alcançar qualquer estado metafisicamente alterado ou bem-aventurado para realizar as práticas aqui descritas. Precisa apenas desfazer-se de suas capacidades críticas e manusear alguns fantoches facilmente manipuláveis para dirigir o espetáculo durante algum tempo.

Cultivando o não-ser

Para estar de fato aberto aos benefícios do método Doce Ilusão, você precisa desistir de tentar controlar tudo. Deve abrir-se para um poder superior. Isto é, eu. Não deve ser tão sacrificante assim! Para começo de conversa, se você fosse tão bom em controlar sua vida, não estaria lendo este livro.

É hora de renunciar à autoridade sobre seu ser interior.

Entregue-a.

Isso. Não foi tão ruim, foi?

Agora, fique de joelhos e lata como um cão.

Brincadeirinha.

Aqui está o procedimento geral de relaxamento que usaremos neste livro:

1. Primeiro, encontre uma posição confortável, sentando-se ereto, deitando-se ou recostando-se na parede com um cigarro pendurado nos lábios.

2. Descruze os braços, as pernas, os dedos das mãos e dos pés. Você nem sequer se dava conta de que estavam cruzados, não é mesmo? Agora descruze aqueles que você esqueceu.

3. Feche os olhos. Você não vai mesmo querer observar isso.

4. Respire, se já não estiver fazendo isso.

5. Faça uma contagem decrescente a partir de 1987, usando apenas os números primos. Como alternativa, você pode recitar *pi* até desmaiar (3,1415926535897932384626433922795...).

6. Deixe que sua mente vá embora. Não tente segui-la.

7. Sinta-se banhado num lago brilhante de luz que flui à sua volta. Se não funcionar, esqueça e passe para o item 8.

8. Visualize-se sentado bem defronte de você, visualize-se sentado bem defronte de você, visualize-se sentado bem defronte de você etc.

9. Respire de novo. Já faz um tempão.

10. Bem, o que você quer fazer agora?

AFIRMAÇÕES

- Vou cultivar a mente vazia.
- Pareço "legal" quando estou meditando.
- Posso aceitar qualquer coisa se estiver deitado.
- Nada de mau pode me acontecer enquanto estou relaxado.

2 VISUALIZE ISSO

CRIE ENQUANTO ANDA

O poder da visualização para realizar uma mudança positiva em sua vida, embora seja difícil de controlar, está bem confirmado na literatura. Técnicas de visualização são usadas por todo mundo, desde atletas profissionais, atores e artistas até terapeutas, treinadores, parteiras e comerciantes. Até mesmo médicos e psiquiatras, quando pressionados, admitem que não fazem mal.

De acordo com a literatura, você pode usar a visualização para contatar seu eu superior, abrir seus centros de energia, conhecer seu anjo da guarda, encontrar um tesouro escondido, atrair um namorado, tornar-se mais popular, diminuir o estresse, aliviar a dor, aumentar a auto-estima, sentir-se mais jovem, localizar objetos desaparecidos, melhorar hábitos de estudo, clarear cútis, mitigar desgosto, fortalecer a aura, atrair riquezas, curar depressão, perder peso, fazer nascer cabelo, parar de fumar, diminuir desvantagem, fortelecer o sistema imunológico e curar-se de tudo, de hemorróidas a câncer.

Podemos, de fato, criar realidade por meio da imaginação consciente? A forma segue a idéia? É o universo realmente tão condescendente? Essas perguntas são profundas demais para *Me engana que eu gosto* dar uma resposta definitiva.

Mas com certeza não há nada de errado em criar um quadro claro daquilo que você gostaria de ver acontecer em sua vida, e não é por falta de livros, vídeos e fitas de áudio que lhe mostrem como fazer isso.

Eis aqui nosso guia:

1. Feche os olhos e relaxe, usando as técnicas de relaxamento progressivo que aprendeu no capítulo 1.

2. Crie em sua mente uma imagem de sua livraria favorita.

3. Visualize uma venda especial de livros e fitas sobre visualização criativa[1].

4. Vá comprar alguns deles.

Sabe, tantas pessoas bem-sucedidas e bem-intencionadas investiram tanto tempo e energia nessas questões que há pouca coisa para acrescentarmos.

Exceto...

Não se importando

O que acontece quando você tenta mudar o mundo por meio da visualização e nada muda? Ou o que você faz

---

[1]. Esforce-se para não visualizar uma banca de oferta de encalhes. Os autores odeiam isso.

quando tenta visualizar mudanças positivas e, apesar disso, as coisas parecem ocorrer na direção oposta?

A pior coisa que você pode fazer é culpar-se. Há uma boa probabilidade de você não ser o responsável por isso. E, numa situação como essa, é difícil acusar uma outra pessoa.

Quando ficar evidente que seus esforços de visualização não estão tendo o efeito pretendido, o melhor a fazer é praticar uma técnica que chamaremos de "não se importando"[2].

"Não se importando" é uma leve rejeição. (Ver capítulo 11, "Esquecimento positivo".) Por que se incomodar em negar alguma coisa quando pode apenas desprezá-la? Está intimamente relacionado com minimizar, e também é aparentado com memória seletiva, ambas coisas que serão discutidas em outra parte deste livro.

A melhor espécie de *feedback* positivo que você pode dar-se é ignorar o *feedback* negativo, e uma capacidade ativa de "não se importando" é a ferramenta mais valiosa para fazê-lo.

Para o bem de todos nós

A maioria dos livros e fitas sobre visualização lhe dirá que as técnicas de visualização só podem ser usadas para bons propósitos e que as leis do carma vão rapidamente mastigar e cuspir qualquer pessoa que tentar usar tais técnicas para finalidades nocivas.

Você acredita nisso? Se acredita, *Me engana que eu gosto* não se atreveria a dizer o contrário.

---

[2]. Agora que a "verbalização" da língua inglesa está quase completa (mais de 2.500 páginas da *web* exibem uma referência a "*languaging*"), é hora de começar a aplicar o procedimento em frases de duas e três palavras. É nossa humilde contribuição.

Isso se reduz à antiqüíssima questão do bem *versus* mal contra o preceito da Nova Era de que o bem vence tudo. Esperamos que você esteja certo.

AFIRMAÇÕES

- Sou todo-poderoso.
- Posso fazer qualquer coisa na qual me empenhe.
- Ignorarei toda prova do contrário.

3 SEU DESEJO É SEU COMANDO

TENHA CUIDADO COM O QUE VOCÊ PEDE

Espere aí! Suponhamos, no interesse da discussão, que de fato é possível afetar o mundo apenas visualizando conscientemente as mudanças que você deseja. Então, que me diz do resto de bobagens em que você pensa durante o dia?

Se o poder de sua imaginação é forte o bastante para criar o que você deseja na vida, também não é poderoso o suficiente para criar aquilo que você *não* deseja? Seus medos, pesadelos e outras idéias horríveis não são tão capazes de se manifestar no mundo quanto seus pensamentos positivos?

Bem, sim. A menos que você seja capaz de impor uma espécie de "hierarquia de valores" a seus meandros mentais.

O primeiro passo é tornar-se consciente de sua atividade mental negativa. Para alguns, isso pode significar um trabalho de horário integral. Assegure-se de não ser rude com você mesmo por ter pensamentos negativos, porque isso também é um pensamento negativo. Isso é chamado de *retorno* de *feedback* negativo. É igual a um redemoinho. Não se aproxime dele.

Tudo bem. Agora você está no redemoinho. Nesse ponto, a melhor coisa a fazer é deixar rolar e aproveitar o passeio. Quando você sair do outro lado, tentaremos alguma outra coisa.

Oba!

Reprogramação de meta

A maneira mais eficiente de proceder é seguir um esquema passo a passo para se reprogramar, com a meta de anular as conseqüências negativas de sua visualização.

Para começar, assuma a posição (isto é, siga o procedimento de relaxamento do capítulo 1, "Relaxe e medite"). Então, tome essas simples providências, na ordem:

1. Estabeleça um controle total e completo sobre suas emoções, pensamentos, desejos, fraquezas, pensamentos errantes, imagens, e assim por diante.

2. Desenvolva um metapensamento, como este: "Somente meus pensamentos, sentimentos e imagens positivos e afirmadores da vida se manifestarão no mundo. Essa forma de pensamento terá prioridade sobre todos os pensamentos, sentimentos e imagens do passo 1".

3. Digite uma senha para proteger esse metapensamento. Anote-a em algum lugar e coloque-a onde você não vá encontrar quando estiver de mau humor e possa estar tentado a se meter com seu metapensamento.

Ao utilizar esse procedimento simples, você pode ter certeza de que apenas seus pensamentos positivos irão manifestar-se no mundo e pode confiar em seguir aventurando-se sem deixar um rastro de desastre em seu caminho.

AFIRMAÇÕES

- Somente o bem pode resultar disso.
- Sou uma fonte de vibrações positivas.
- Estou no controle total.
- Não sou responsável por nada de mau que aconteça.

PREPARANDO SEU SANTUÁRIO

CRIANDO UM LUGAR ESPECIAL

Quase todos os manuais de auto-ajuda e visualização recomendam criar um "lugar especial", ou um santuário interior imaginário, para visitar durante as meditações. É uma espécie de casa de férias virtual, desenhada segundo suas especificações, aonde você pode ir a qualquer momento e de onde não podem chutá-lo.

É um lugar de paz e tranqüilidade, calor e conforto. Com exceção de seus vários guias, anjos e totens, não haverá nenhuma outra pessoa em seu lugar especial para saber o que você está tramando ali.

Às vezes, o lugar especial é ao ar livre, como uma campina ou um terreno à beira-mar — embora este último possa ser bem caro. Quedas-d'água e riachos murmurantes são populares, assim como as cavernas, grutas, cumes de montanha, jardins e bosques.

Em geral, seu lugar especial é uma sala ou o aposento de uma casa, um castelo, uma biblioteca, uma igreja ou um templo. Pode ser realmente em qualquer lugar, algum lugar em que você esteve ou algum lugar onde gostaria de estar. Conheço um sujeito cujo lugar especial é um quarto da casa de Drew Barrymore. Você decide.

Se não tiver condições de bancar um lugar especial, pense num sistema de tempo compartilhado. Ou talvez possa criar um lar móvel virtual.

Equipando seu espaço

Quanto mais realista e detalhado for seu santuário, mais confortável você ficará durante suas sessões e mais tempo será capaz de lá permanecer. Por esse motivo, é uma boa idéia providenciar certos confortos pessoais, antecipando-se às suas necessidades virtuais.

Por que não instalar aquele centro de mídia que você não pode pagar na vida real? A tela grande virá a calhar para seus exercícios de visualização.

Um bar bem-equipado seria agradável. Ajuda você a relaxar. E um espaço para consumo de drogas, que não é ilegal aqui. Talvez você queira criar um esconderijo para ocultar alguma coisa de seu eu superior ou de sua criança interior.

Pode ser o único lugar em que você estará algum dia onde uma cama de água seja apropriada.

Cabe a você decidir se deseja comodidades sanitárias. Nem sempre é uma boa idéia aliviar-se quando seu verdadeiro corpo está em algum lugar vestido dos pés à cabeça.

Também é conveniente equipar seu lugar especial com várias ferramentas produtivas: tintas e pincéis, lápis, instrumentos musicais — todas essas coisas que o intimidam em sua verdadeira vida.

Visões alternativas

Para alguns de vocês, esses enfeites do mundo real são a última coisa que desejariam em seu santuário. Em vez disso, podem querer enchê-lo com incenso e velas, tapetes exóticos, travesseiros com padronagem *kilim* e almofadas com franjas.

Espero que você não seja uma dessas pessoas cujo lugar especial é um quarto espartano com uma esteira de palha no chão duro, nada nas paredes e nenhum divertimento. Supõe-se que esse seja um lugar aonde você *deseja* ir. Por que não projetar uma câmara de tortura enquanto está ali?

Alguns visionários gostam de ter mais de um lugar especial para visitar de acordo com seu humor ou propósito. Esses lugares podem ser separados, estar em diferentes mundos imaginários, ou comunicados por uma porta, trilha, corredor, túnel ou por plano inclinado e escadas de mão.

Seu lugar pode crescer e mudar no decorrer do tempo. Hoje, é claro, você vai querer acesso à internet de banda larga.

À medida que você refina seu poder de imaginação, descobrirá que não existem limites para aquilo que pode ter ou fazer em seu lugar especial. Só que você não deseja que sua vida verdadeira pareça tão opaca em comparação com esse local a ponto de não querer voltar.

AFIRMAÇÕES

- Posso fazer qualquer coisa em meu lugar especial.
- Tudo o que acontecer aqui é certo e bom.
- Meu lugar especial é mais gostoso do que o seu.

5
ESTABELECENDO METAS

... E MOVENDO-AS PARA TRÁS

Até aqui estivemos vagueando tranqüilamente pelas multiplicidades do comportamento desejoso. Falamos de visualizar aquilo que desejamos e imaginar o mundo tal como gostaríamos que fosse. E estivemos aprendendo maneiras de continuar acreditando em nossos sonhos pessoais a despeito da prova.

Quando estiver pronto para cair na real, em algum ponto será necessário estabelecer determinadas metas claras para você. A menos que você defina suas metas e propósitos, jamais saberá com toda a certeza se seus esforços de visualização têm tido algum efeito mesmo. (Se você preferir não saber, pode pular este capítulo.)

Estabelecer metas é um negócio manhoso. Em primeiro lugar, quando você se pergunta por que deseja alguma coisa, não pode parar aí. Qualquer que seja seu propósito, sempre existe um outro superior.

Por que quero um emprego novo? Para ganhar mais dinheiro. Por que quero mais dinheiro? Para ser mais independente. Por que ser independente? Para passar mais tempo fazendo aquilo que quero. E o que quero fazer?...
As verdadeiras metas estão sempre retrocedendo.

Quer seu propósito supremo seja conhecer-se a si mesmo, conhecer Deus ou ser deus, quer ele seja ficar bem, ficar rico ou dar uma trepada, freqüentemente não é a primeira coisa em que você pensa quando se pergunta o que deseja.

Fazendo uma escolha

As pessoas que estão mergulhadas na fixação de metas muitas vezes decompõem suas listas de metas em áreas aparentemente manejáveis, como trabalho e carreira, relacionamentos, dinheiro, criatividade, viagem e lazer. Em geral, elas adicionam alguma coisa sobre paz mundial ou meio ambiente, de modo que tudo não pareça tão egoísta.

Na realidade, quando você se pergunta o que deseja em qualquer uma dessas categorias, rapidamente começa a incluir coisas que têm tanta chance de acontecer, como, por exemplo, a paz mundial.

Assim, antes de fazer uma lista de suas metas, você deveria perguntar-se: Quero realmente registrar em termos não incertos meus objetivos e aspirações mais profundos? Estou disposto a encarar a possibilidade de, tendo tomado nota daquilo que realmente estou procurando, não conseguir nem mesmo uma pequena parte disso?

Cuidando da meta

Se você decide seguir em frente e anotar suas metas, há várias providências que pode tomar para se proteger do fracasso.

* Não conte a ninguém sobre suas metas.
* Trace metas simples e vazias que (a) sejam fáceis de alcançar ou (b) que não se importa de alcançar ou não.
* Anote-as de maneira ilegível, escrevendo com sua mão boba.
* Anote as metas depois dos fatos, incluindo apenas aquelas que você realizou.
* Estabeleça como uma das metas "transcender ao comportamento orientado pela meta".
* Aplique nas metas não alcançadas uma das técnicas de "não se importando", descritas em outro lugar deste volume.
* Dê um jeito de perder a lista.

Todas essas medidas farão que você sinta que está praticando as técnicas mais sofisticadas de auto-ajuda. Ao mesmo tempo, estará protegendo-se dos desapontamentos e verificações não desejadas de parte da realidade.

AFIRMAÇÕES

* Imaginarei exatamente o que desejo na semana que vem.
* Somente desejo aquilo que já tenho.
* De qualquer maneira, não estou nem aí para metas.

6 SEU GUIA ESPIRITUAL

UMA VOZ ALÉM DA RAZÃO

Durante toda a vida disseram-lhe que as pessoas que ouvem vozes são malucas, que as pessoas que falam sozinhas são perturbadas e que qualquer indivíduo de mais de seis anos de idade que tenha um amigo imaginário é... bem, um pouco abestado.

Hoje em dia, pedem-lhe não apenas que se envolva intencionalmente em todas essas coisas mencionadas acima, mas também que aceite como evangelho qualquer coisa que saia da boca imaginária de seu guia espiritual.

Caso essa idéia de guias interiores seja novidade para você, aqui está a premissa, tal como é exposta em geral:

- Todos temos dentro de nós uma sabedoria superior, um meio intuitivo de saber o que é certo e verdadeiro.

- Em geral, temos um bloqueio contra esse conhecimento (a) pela nossa mente lógica, (b) pelo mundo sensório ou (c) pela nossa falta de fé em nossos próprios *insights*.
- Podemos contornar esses bloqueios contatando nosso próprio eu superior na forma de um guia interior, um ser de grande amor, compaixão e conhecimento.
- Podemos encontrar esse guia e ouvir o que ele/ela tem a dizer, simplesmente relaxando e permitindo que ele/ela apareça.

Como Mark Twain escreveu: "Fé é acreditar naquilo que você sabe que não é assim". Embora esteja completamente de acordo com a tônica deste livro aceitar o que foi dito acima, até mesmo aqueles entre vocês de mente mais aberta devem dar-se conta das armadilhas de acreditar em tudo o que seu guia espiritual interior possa ter para dizer.

Isso pode parecer óbvio, mas *só o fato de você imaginar isso não torna isso real.*

Primeiro contato

Para começar, vamos concordar que seu guia interior, com quem você estará encontrando-se dentro de pouco tempo, seja uma parte de sua própria psique, se bem que uma parte cujos poderes de onisciência e presciência ainda tenham de ser provados. Isto é, ela não é nenhuma alma desencarnada, ser cósmico, anjo, deusa, demônio ou outra entidade desencarnada ou sobrenatural, certo?

Então, tudo bem, aqui está o processo:

1. Feche os olhos e siga as instruções de relaxamento progressivo que aprendeu no capítulo 1, "Relaxe e medite".

2. Se você não se sentir bobo demais fazendo isso, vá para seu "lugar especial" do capítulo 4, "Preparando seu santuário".

3. Se seu santuário for dentro de casa, abra a porta para a eventualidade de seu guia estar em algum lugar lá fora.

4. Isso é complicado. Seus olhos estão fechados, certo? Mas você está olhando em volta, não está? Feche seus *outros* olhos, aqueles que está usando para olhar em volta, em seu lugar especial.

5. Diga para você mesmo: "Quando eu abrir os olhos, meu guia interior estará bem na minha frente, pronto para responder a qualquer pergunta que eu possa ter e encaminhar minhas ações e pensamentos em direção à realização de minhas metas".

6. Abra os olhos "interiores" e conheça seu guia.

Nota: quando você se encontrar pela primeira vez com seu guia interior, verifique as credenciais com cuidado. Peça referências. Muitos que afirmam ser seu eu superior são, na verdade, elementos dissidentes de suas várias subpersonalidades à procura de um papel mais influente em sua tomada de decisões no dia-a-dia.

Conheça seu guia

Seu guia pode aparecer em qualquer forma, macho ou fêmea, jovem ou velho, alguém de verdade que você conhece e respeita, alguém que está morto, uma personagem de ficção (se isso não for óbvio), um animal (nesse ponto, um animal que fala dificilmente vai representar um peso adicional sobre a credulidade), uma criatura mitológica, um ser de luz, ou até mesmo uma entidade mecânica.

Cuidado com guias com tapa-olho e perna de pau, chapéu pontudo, chifres, desdentado, ou ferimentos com pus. Embora possa parecer que estamos estereotipando de maneira preconceituosa, é com seu inconsciente que estamos lidando, e talvez você esteja tentando dizer alguma coisa a você mesmo.

Seu guia está ali para ajudá-lo, para aconselhá-lo, para colocá-lo em contato com seus próprios sentimentos verdadeiros e desejos profundos.

Também é legal ter alguém novo para acusar quando as coisas não saírem como foi planejado.

AFIRMAÇÕES

- Meu eu superior tampouco sabe o que está acontecendo.
- Acreditarei em tudo o que puder imaginar.
- Se tudo der errado, a culpa é do meu guia espiritual.

7
VIBRAÇÃO, *CHAKRAS* E VOCÊ

MUZAK[3] DAS ESFERAS

Tudo vibra. Essa é uma das coisas que está errado, como tudo. E, o que é pior, quando uma coisa começa a vibrar, põe outras coisas para vibrar.

Na maior parte do tempo, essas vibrações são tão sutis que não vale a pena você se preocupar com elas, mas às vezes podem ser um verdadeiro tormento, causando de tudo, de dores de cabeça e hemorragias nasais a avalanches e terremotos.

Tudo o que vibra o faz numa freqüência específica, do período do elétron ($1{,}52 \times 10^{-16}$ segundos) ao Mahaa Yuga[4] indiano (4.320.000 anos). Ondas cerebrais, notas musicais, luz visível, ondas de

---

3. *Muzak*: mecanismo de busca de músicas digitais na internet. (N. E.)

4. De acordo com o hinduísmo, cada ciclo do mundo é dividido em quatro *yugas* (idades do mundo). Todo o ciclo é denominado Mahaa Yuga, que dura 4.320.000 anos. (N. E.)

rádio e incontáveis outros fenômenos vibratórios, todos possuem suas próprias freqüências e, como dizem que o corpo é sensível a coisas que vibram, todos têm sido acusados de afetar nossa saúde e bem-estar.

O mundo das artes curativas recorre invariavelmente às diversas qualidades do som, da cor, do aroma e do toque. Os curandeiros adotaram e aplicaram de bom grado tais princípios científicos como vibração simpática, ressonância e harmonia musical para ajudar a compreender — os críticos diriam "para dar credibilidade a" — certo conhecimento oculto e tradicional, como o sistema de *chakras*, a astrologia, a cura por cristal, a aromaterapia, e assim por diante. (Ver capítulo 17, "Medicina alternativa alternativa".)

Aderir a essa visão das interações vibracionais terapêuticas pode levá-lo, na melhor das hipóteses, para um mundo de odores deliciosos, de boa música, de lindos visuais e, é de esperar, de relaxamento freqüente e massagens agradáveis. No pior dos casos, você pode vir a acreditar que tudo o que ouve, cheira, toca e vê está tendo um efeito desconhecido e provavelmente nocivo sobre algum órgão interno obscuro, de cuja existência você preferiria nem saber.

Os *chakras* somos nós

Na base de quase toda teoria de terapia vibracional está o *sistema de chakras*. Originariamente, um componente complicado e elaborado da cosmologia hindu, a prática de cura contemporânea simplificou o sistema para sete "centros de energia" no (ou próximo do) corpo e cada um deles pode ser acionado e afinado pela aplicação de cor apropriada, pedra preciosa, nota musical, ungüento, erva, óleo volátil, bálsamo, mineral, extrato de flor, elixir, fragrância, som de vogal ou mantra.

✣ seus *chakras* ✣

Para compreender o sistema de *chakras*, *Me engana que eu gosto* passou alguns dias na internet investigando algumas centenas das mais de 120.000 páginas da *web* que contêm referência a *chakras*.

Você ficaria espantado com a variedade e engenhosidade de produtos e serviços colocados no mercado diretamente para os seus *chakras* — fitas musicais para cada centro de energia, emplastros químicos para aplicar nas áreas de *chakra*, jóias e roupas inspiradas em *chakra*, tigelas e urnas de *chakra*, papel de parede de *chakra*, pedras de *chakra*, sabonetes de *chakra*, *kits* para equilibrar *chakra*, manuais para reparo de *chakra*, sinos e gongos de *chakra*, aromas específicos para *chakra*, ressonadores de cristal, os óleos e bálsamos antes mencionados etc. Você pode até receber mantras relacionados com *chakra*, enviados diariamente para seu *pager*.

Me engana que eu gosto também aprendeu um bocado sobre a teoria do *chakra*, cujos pontos essenciais podem ser encontrados no final deste capítulo. (As citações são textuais.) O que fomos incapazes de encontrar — não, juro, por falta de pesquisa — foi qualquer comprovação científica ou médica séria da existência do sistema de *chakras*, ou mesmo muita coisa no tocante a estudos que investiguem essa questão.

Assim, enquanto as maravilhas da interação mente-corpo continuam a suplicar por uma explanação sistemática, os *chakras*, ao que parece, ainda têm de ser confirmados por algum método objetivo como a resposta que estamos buscando. E, se o sistema de *chakras* hindu original não foi provado como fato, menos ainda o foi a versão grosseiramente supersimplificada que nos é impingida na literatura popular, ou as elaboradas modalidades de tratamento relacionadas com *chakras* que encontramos no bazar da Nova Era.

Contudo, é notável o quão profundamente a idéia do sistema de *chakras* penetrou na psique popular e foi aceita como real, embora inverificável. Pode ser apenas uma metáfora, como alguns sustentam, mas é certamente uma das metáforas mais bem colocadas na praça.

Novos *chakras* para o milênio

De acordo com uma antiga profecia maia, a alvorada do milênio significa o despertar de (Deus nos livre) uma nova Nova Era. Para dar as boas-vindas a essa era, o corpo humano, em conjunção com os planejadores mestres e patrocinado por uma coalizão de grandes empresas de medicamentos, está inaugurando novos *chakras* que anteriormente só existiam nos adeptos mais avançados.

O "chakra da intuição"

Localizado na fossa do estômago, esse *chakra* regula o senso do que é certo e errado, deixando-o violentamente doente se você estiver até mesmo pensando em fazer algo que não deveria fazer. Também conhecido como "*chakra* de Papai Noel".

O "chakra da babaquice"

Esse *chakra*, localizado no pescoço, faz que você pigarreie de maneira audível quando alguma coisa parece duvidosa.

O "chakra do descaramento"

Localizado na vesícula biliar, esse *chakra* é excitado quando você fica irritado por afirmações audaciosas e asserções implacáveis.

O "chakra do spam"

Esse *chakra* evoluiu muito rapidamente desde mais ou menos 1995, quando o *e-mail* começou a ser usado pela primeira vez como meio de publicidade. Localizado na mão do *mouse*, ele o protege contra solicitações indesejadas para aumentos penianos, brotos adolescentes casadouros e dicas quentes de ações.

O "chakra da culpa"

Quando esse *chakra* é ativado, provoca o baixar de olhos, o enrubescimento de faces e o arrastar de pés. Existe um "sub-chakra da responsabilidade", que, quando plenamente desenvolvido, pode sobrepujar o da culpa e causar o giro de cabeça e o apontar de dedo. O *chakra* da culpa está localizado na mãe.

AFIRMAÇÕES

- Dê-me um lugar para eu pôr o meu vibrador e vou mover o mundo.

- Quando estou realmente calmo, posso sentir meus *chakras*.

- Estou acima da necessidade de as coisas terem sentido.

RESULTADOS DA PESQUISA NA INTERNET

Sobre o número de *chakras*

"Em geral, dizem que há sete *chakras*, mas na filosofia hindu tradicional existem realmente apenas seis."

"Existem sete *chakras*, uma para cada um dos sete corpos que possuímos."

"Os humanos têm sete grandes *chakras* no corpo, um *chakra* secundário e um *chakra* muito importante fora do corpo."

"A cura prânica[5] (...) trata onze grandes *chakras* ou centros de energia do corpo."

"Minha missão é ativar os dezoito *chakras*."

"A Ativação Leve do Sistema de Vinte Chakras é parte da intensificação de nosso campo vibratório de energia, e com a nossa Mãe Terra e todos os Seres."

"Na verdade, temos setenta e dois *chakras* no corpo e vinte e dois que podemos trabalhar com nosso eu interior, incluindo os sete *chakras* primários."

"Existem três *chakras* superiores, quatro grandes e mais de trezentos secundários no corpo humano. Há também diversos *chakras* não-físicos situados fora do corpo."

"Antigos manuscritos hindus mencionam cerca de oitenta e oito mil *chakras* e trezentos e cinqüenta mil *nadis*[6] num corpo humano! Há sete grandes *chakras* e por volta de quarenta *chakras* secundários... Todos os outros são realmente pequenos."

"Quando você evolui, chega a compreender que você é um enorme *chakra*."

---

5. Prana é a energia natural do universo. (N. E.)

6. Canais finos de matéria energética que conduzem a força vital da terapia vibratória. (N. E.)

Sobre a localização dos *chakras*

"Os grandes *chakras* estão relacionados com as glândulas endócrinas. Cada glândula endócrina está situada física e rigorosamente próximo a seu *chakra* associado."

"Nem todos os *chakras* estão situados no corpo físico; muitos deles são encontrados nas camadas etéreas da aura."

"Os *chakras* mais importantes são encontrados nas mãos e nos pés."

"Encarnações em formas de vida que não possuem braços e pernas teriam, compreensivelmente, *chakras* diferentes."

"Nós acreditamos que serão descobertos mais *chakras* fora do corpo num futuro não tão distante."

"O nono *chakra* está cerca de 1,20 metro acima de nossa cabeça."

"Os *chakras* estão associados com níveis básicos de consciência localizados onde corpo e mente se encontram."

Sobre a natureza dos *chakras*

"Imagine um *chakra* como uma lâmpada elétrica; a luz resultante é chamada de aura."

"Cada *chakra* [é] uma antena giratória."

"Sua função é descrita freqüentemente como sendo igual à de uma lente de câmera."

"Os *chakras* são equiparados a flores numa haste."

"Uma vez ativados, os *chakras* são como contas num cordão vertical."

"Imagine-o como uma bateria recarregável, invisível. É carregado e recarregado pelo contato com a corrente de energia cósmica do ar."

"Os *chakras* são centros de energia que operam como transformadores redutores para as energias de freqüência mais alta."

"Esses *chakras* (...) funcionam como bombas ou válvulas, regulando o fluxo de energia por meio do nosso sistema de energia."

"Os grandes *chakras* são iguais a centrais elétricas que fornecem energia vital para órgãos importantes e vitais."

"Seus *chakras* são como funis, que recebem energia de seu corpo emocional e canalizam-na para seu corpo físico."

"Os *chakras* individuais são como pequenas tigelas deslumbrantes."

> "Os *chakras* são como pêndulos de uma máquina gigantesca."
>
> "Os *chakras* são como os pistons e o eixo motor, que nos possibilitam utilizar essa energia de fogo/combustível do espírito para girar as rodas, ou seja, animar a matéria, o corpo físico."
>
> "Os *chakras* são como pratos de microondas, sintonizando-se na grelha de energia."
>
> "Os sete *chakras* são como os botões de um rádio, que podem comunicar os multiníveis da alma."
>
> "O campo de energia do corpo humano possui caixas de ligação, como a instalação elétrica de uma casa ou o sistema interestadual de estradas que liga os Estados Unidos. Essas caixas de ligação são chamadas de *chakras*."
>
> "Em geral, refiro-me a eles como 'subestações de energia' muito parecidas com uma usina elétrica."
>
> "Os *chakras* são o *software*; as glândulas endócrinas e as células do cérebro são o *hardware*; e *kundalini*[7] fornece a informação para o monitor (ego)."
>
> "Nossos *chakras* são como discos flexíveis; carregam todos os nossos programas."
>
> "Os *chakras* são como 'bancos de dados' do corpo humano que armazenam, transmitem e recebem informação vibracional ou luz."

---

7. Energia espiritual suave e maternal, latente no osso sacro, na base da coluna vertebral. (N.E.)

8
ACEITANDO PERDA E MUDANÇA

OS CONSOLOS DE CULPAR-SE

Às vezes você perde o emprego. Às vezes seu namorado a abandona. Às vezes a pia entope. Às vezes seu carro bate num poste. Às vezes seus filhos usam *crack*.

Encare isso. Essas coisas acontecem — se não todos os dias, dia sim, dia não. Você não pode lutar contra isso. Não pode ignorar isso (a menos que seja realmente bom nisso). E não pode mudar o jeito que as coisas são (a menos que seja realmente bom nisso).

Mas o que pode fazer é *mudar sua atitude*. Essa é uma opção que está totalmente ao nosso alcance.

É sua opção. Você vai tornar-se vítima das circunstâncias? Ou vai superar suas tendências de autonegação e transformar seus reveses cotidianos em milagres diários?

Aqui estão os passos para lidar com perda pessoal e infortúnio. Antes de começar, fique bem à vontade.

1. Use as técnicas de relaxamento desenvolvidas no capítulo 1, "Relaxe e medite".
2. Se desejar, use o espaço sagrado que você aprendeu a criar no capítulo 4, "Preparando seu santuário".
3. Recapitule a seqüência de ocorrências e eventos negativos. Não ligue muito para isso.
4. Reconheça o problema. Impeça que ele o oprima.
5. Examine seus sentimentos em relação ao que aconteceu.
6. Reorganize os fatos de modo que nenhuma culpa ou responsabilidade caiba a você.
7. Acuse uma outra pessoa.

Boa aflição

Não é divertido afligir-se, não importa o que digam. Às vezes, quando você está realmente deprimido, as técnicas que recomendamos para se sentir melhor — acusar outros ou pensar em alguma outra pessoa que esteja pior do que você — simplesmente não funcionam.

Em geral, é fácil ver o lado evidente dos problemas das outras pessoas. Mas é bastante difícil, mesmo nos melhores momentos, ver o lado evidente de seus próprios problemas. A seguir há uma série de providências destinadas a ajudá-lo a entender a perda de uma pessoa amada, um animal querido, um cliente importante, um emprego, um objeto de estimação, ou simplesmente qualquer outra coisa.

Comece relaxando, como foi descrito no capítulo 1. Em seguida:

1. Se for um objeto de estimação que você perdeu, tente lembrar quando foi a última vez que o viu. Vá lá e procure-o. Senão, avance para a providência 2.

2. Se você perdeu uma pessoa querida, permita-se imaginá-la claramente. Não tente fugir. De qualquer maneira, não vai funcionar, já que ela está dentro de sua cabeça.

3. Sinta a presença dela. Sinta seu calor. Cheire seu hálito. Será que ela andou bebendo?

4. Sinta sua própria tristeza profunda com a morte dela.

5. Tudo bem, já basta.

6. Pois bem, essa pessoa (animal de estimação) algum dia fez algo realmente desagradável para você?

7. Será que foi por culpa sua que ela partiu?

8. Há alguma coisa da qual você tem sido acusado e que agora pode acusá-la?

9. Essa pessoa deixou alguma coisa para você no testamento (ou na escrivaninha se acabou de demiti-lo)? Pule esse item se foi seu animal de estimação que se foi.

10. O que você pode fazer agora que não poderia fazer enquanto ela estava por perto?

11. Existe alguém que você pode processar?

Sabendo o que você sabe agora, liberte suavemente a imagem da pessoa. Retenha na memória essa percepção quando retornar ao mundo.

AFIRMAÇÕES

- Parece que as coisas só estão piorando.
- Aceite-se — acuse uma outra pessoa.
- Eu transcendi ganho e perda. Estou duro.
- A culpa não foi minha.

9
A CHAVE DA RECUPERAÇÃO

REFAÇA-SE DISSO

Se você está lendo isto, é um sobrevivente. Talvez não de violência doméstica ou de abuso ritual, mas é provável que já tenha passado pela escola secundária, e isso já é bastante ruim.

Hoje em dia, quando você é incapaz de agüentar o estresse, é provável que digam que você foi traumatizado e, por isso, tornou-se um candidato a diagnóstico e tratamento por especialistas em recuperação, sejam eles terapeutas bem-intencionados, sobreviventistas intransigentes duros de roer ou vendedores bem-aventurados da Nova Era.

Por alguma razão — e *Me engana que eu gosto* não vai necessariamente bater nessa tecla —, as pessoas que estão no negócio de estresse/trauma/sobrevivência/recuperação são propensas a fazer listas: lista de fatores de estresse, lista de sintomas, lista de possíveis traumas, lista de opções de tratamento, e assim por diante.

Por exemplo, com certeza você já encontrou um desses testes de avaliação de vida, que medem os vários fatores que podem levar ao estresse. Você experimentou recentemente a perda de uma pessoa amada? 12 pontos. Teve uma mudança importante em sua situação financeira? 8 pontos. Você ou alguma pessoa próxima a você está envolvido em algum processo judicial? 6 pontos.

Essas perguntas são boas e podem deixar você apavorado, mas as questões verdadeiramente importantes jamais são mencionadas. Aqui estão algumas das perguntas geralmente omitidas:

- Você teve há pouco tempo um corte de cabelo mal feito? 15 pontos.
- Alguma vez seus supostos amigos "o deixaram na mão" quando era criança? 12 pontos.
- E quando se tornou adulto? 20 pontos.
- Seu gato vomitou de madrugada e você perdeu o sono? 6 pontos.
- Seu computador "deu pau" e fez você perder dados valiosos? 8 pontos.
- Está engordando? 15 pontos.
- Seu melhor amigo está perdendo peso? 20 pontos.

Dependendo da contagem, considera-se mais ou menos provável que você apresente sintomas relacionados com estresse e sofra de doenças relacionadas com estresse.

Pontos de estresse

Você também pode encontrar listas desses sintomas e doenças. Em geral, são mencionados fadiga, irritabilidade, insônia, raiva, ansiedade ou ataques de pânico e perda de apetite.

Mais uma vez, alguns dos sinais mais óbvios de que você está estressado são omitidos.

- Você dorme debaixo da cama.
- Só vai ao cinema quando pode ter uma fileira inteira à sua disposição.
- Treme incontrolavelmente só de pensar em relaxar.
- Deixa recados para você na forma de bilhetes de pedido de resgate.
- Não consegue lembrar-se do que acabou de ler.

Sinais de trauma

As vítimas de trauma apresentam muitas vezes baixa auto-estima e auto-acusação. Isso se manifesta em baixas expectativas e outras atitudes autodepreciadoras.

O "modo de pensar de vítima" inclui pensamentos como:

- Ninguém me ama. Todo mundo me odeia. Acho que vou comer um pouco de verme.
- Não posso fazer bobagens.
- Eu me sinto melhor quando me culpo.
- Mesmo quando parece que fiz alguma coisa certa acaba sendo errado.
- Quando faço algo realmente direito, tenho de desfazer.
- A única hora em que estou seguro de mim é quando estou certo de que estou errado.
- Quando eu digo "vou esquecer tudo isso", não consigo.

Um outro sinal de trauma é a culpa de sobrevivente. Em vez de "é, mas foi graças a Deus", fica sendo "ei, por que não eu?" Para reconhecer a culpa de sobrevivente, pergunte-se se alguma vez você se sente culpado por não estar se sentindo bastante culpado. Ou se sente culpado porque sabe que não deveria estar se sentindo tão culpado. E que tal se sentir bem porque se sente culpado?

Indo em frente

Quanto às metodologias para a recuperação, elas são tão variadas quanto o processo de teste e diagnóstico.

O modelo terapêutico tradicional para tratamento de estresse pós-traumático — se se pode dizer que é tradição uma condição que só foi reconhecida oficialmente a partir de 1980 — envolve o trabalho cuidadoso, passo a passo, com profissionais treinados para serem sensíveis às necessidades do cliente, e capacidade de fazer progresso em direção ao equilíbrio e integridade.

Esses passos, que muitas vezes são meticulosamente lentos, incluem:

- Lembrar e reconstruir trauma.
- Sentir seus sentimentos.
- Avaliar seu progresso.
- Aproveitar sua raiva.
- Evitar a revitimização.
- Aprender o autocuidado emocional.
- Alcançar o ato de delegar poderes.

A abordagem de cura da Nova Era é mais direta. Os seguintes passos para recuperação foram extraídos literalmente de vários guias e manuais. Você pode:

"Irradiar luz de cura confortante."

"Trabalhar com o perpetrador."

"Esvaziar a experiência usando a técnica de punção."

"Dizer para si mesmo: posso passar por isso sem me enfurecer."

"Afastar-se e ver a coisa com a sabedoria de sua alma."

"Pôr luz em volta da experiência."

"Estourar um balão para liberar a energia."

"Fazer brotar sua auto-imagem."

"Imaginar o problema se dissolvendo e levando a energia para longe."

"Enviar o incidente para sua caixa de reciclagem."[8]

Portanto, como vê, você não precisa passar de modo algum por esse doloroso processo terapêutico.

Há mais uma lista de procedimentos para superar as experiências e sentimentos desagradáveis. Sem minimizar a realidade do trauma relacionado com estresse e as dificuldades envolvidas, *Me engana que eu gosto* sugere que você tente esses e veja se o ajudaram:

- Leia um livro de suspense.
- Tome um sorvete.
- Faça um pouco de exercício.
- Ajude alguém.

---

8. Eu achava que eu mesmo havia inventado isso. Ver capítulo 11, "Esquecimento positivo".

- Pegue uma praia.
- Alugue uma fita de comédia.
- Compre um suéter novo.
- Vá jantar fora.

AFIRMAÇÕES

- Não estou em contato com minha raiva. Apenas estou com raiva.
- Já faz um bom tempo que acabei com isso, mas gosto da atenção.
- Não consigo lembrar o que me deixava perturbado.

10

PREVENINDO O ABUSO DA CRIANÇA INTERIOR

PROMULGUE SUA PRÓPRIA LEI DE MEGAN[9]

Existe um grande interesse dentro do movimento de "recuperação" em promover contato com sua criança interior, que é descrita de diversas maneiras, como (a) o lado de sua personalidade brincalhão, alegre, criativo e, desse modo, reprimido, ou (b) a subpersonalidade magoada, emocionalmente subdesenvolvida e, muitas vezes, destrutiva, que persiste em quase todos nós como resultado de uma educação disfuncional, também conhecida como infância.

A criança interior é a parte de você que:

• Deseja ser nutrida, cuidada e amada.

---

9. Lei (adotada em vinte Estados norte-americanos) que autoriza o governo a colocar fotografias e nomes de condenados por crimes sexuais na internet como forma de ajudar os cidadãos a identificá-los. Assim chamada por ter sido editada depois da morte da garota Megan Kanka, de Nova Jersey, assassinada por um maníaco sexual. (N. E.)

- É um duende ou espírito livre e simples que você domesticou e sufocou.
- É emocional, sensível e facilmente ferida ou ofendida.
- É magoada, negligenciada, frustrada, abusada, ignorada e escondida dos outros.
- Ou cresceu rápido demais ou jamais cresceu de modo algum, dependendo do modelo que você está usando.
- Evita a responsabilidade alegando que seu comportamento é resultado de coisa que aconteceu há tanto tempo que está além da lei da prescrição.
- Tem um ataque de nervos todas as vezes que não consegue as coisas do jeito que quer.

Você não precisa de nenhum conjunto de instruções ou meditações orientadas para tirar proveito da sua criança interior. Basta lembrar o seu comportamento quando visitou seus pais a última vez.

Se deseja ajuda, proliferam terapeutas que trabalham com aconselhamento da criança interior e a regressão. Você pode receber tal terapia por telefone ou por *e-mail*.

Seu adulto interior

Há muito menos interesse dentro do movimento de recuperação em contatar seu adulto interior[10] — seu lado maduro, prático e razoavelmente sensível. Essa é a parte de você que:

---

10. A contagem da internet: "criança interior" — 62.800 páginas; "adulto interior" — 9 páginas.

- Aceita a responsabilidade pelas próprias ações.
- Pode fazer e cumprir acordos com outros.
- Pode fazer planos a longo prazo e é capaz de protelar a gratificação imediata.
- Responde de forma apropriada e proporcionalmente aos estímulos.
- É capaz de fazer coisas para outros sem ressentimento ou necessidade de ganho pessoal.
- Não é hipertolerante nem superdisciplinada.
- Pode abrir mão de suas próprias necessidades em favor de uma necessidade maior ou um bem maior.

Os terapeutas da criança interior diriam com justiça que chegar a um acordo com as partes magoadas e não realizadas de sua psique é uma condição prévia para amadurecer como adulto equilibrado, maduro e íntegro. Porém, a menos que essa terapia seja conduzida completa e profissionalmente, existe uma linha tênue — muitas vezes, nem sequer existe linha — entre agir em nome da própria criança interior e ser apenas infantil.

Srta. Subpersonalidade

Uma vez que você reconhece a existência de sua criança interior — e de seu adulto interior, se é que você tem um —, está abrindo (como advertiu um dia o ex-governador do Novo México, Bruce King) "uma caixa de pandoras". Estou falando do maravilhoso mundo das subpersonalidades.

Embora alguns terapeutas discordem, muitos deles acham que a idéia de que somos compostos de várias "personalidades" ou *personae* é um modelo extremamente útil. Não necessariamente tem importância se essa é de fato a verdadeira natureza da psique ou, mais exatamente, apenas uma maneira conveniente de abordar os problemas da intervenção terapêutica.

Note que não estamos falando aqui da suposta "desordem da personalidade múltipla", à Sibila ou (para aqueles como eu que não estão tão por dentro das coisas assim) Bridey Murphy[11]. Nem estamos falando em esquizofrenia, que costumava ser chamada erradamente de "personalidade dividida".

Estamos falando mais exatamente das várias motivações e desejos muitas vezes conflitantes que compõem a nossa existência de cada dia. Em terapia, muitas vezes a pessoa é solicitada a isolar e representar dramaticamente esses desejos numa tentativa de, por meio do discernimento e da compaixão, compreender, aceitar e no fim dispersar sua influência inconsciente.

De volta à infância

Nesse contexto, a criança interior é definitivamente o *enfant terrible* entre as sub e aquela que recebeu a maior pressão.

E há também um bocado de *merchandising* direto à criança interior, e não me refiro a Porsches e Toyotas. Você pode comprar canções de ninar para sua criança interior, camisetas

---

11. Mulher que viveu na Irlanda no século XIX, revelada por uma regressão hipnótica da americana Virginia Tighe, que relatou sua vida anterior numa sessão realizada em 1952, nos Estados Unidos. Caso que teve muita repercussão na década de 50. (N. E.)

de criança interior, cartões de felicitações e blocos de notas de criança interior, mantras e meditações de criança interior, canecas de café de criança interior (embora você ache que isso vá tolher o desenvolvimento de sua criança interior).

Saber se sua criança interior precisa de cura e anos de terapia ou apenas de liberdade de expressão, isso vai depender da pessoa com quem você falar. Como método para fazer que todos nós fiquemos mais alegres, brinquemos mais, sejamos mais condescendentes conosco, sejamos mais abertos, e nos levemos menos a sério, o negócio da criança interior parece ter valor considerável para um bocado de pessoas.

Entretanto, seria bom para todos nós lembrar que a criança interior se reflete muitas vezes no mundo como o pivete exterior, com o qual a maioria de nós está em contato com freqüência excessiva.

AFIRMAÇÕES

- Não me culpe, sou apenas um garoto.
- É bom ser egoísta.
- É legal chorar, desde que isso faça alguém se sentir culpado.
- Vou proteger minha criança interior contra a parte de mim que sabe mais.
- As pessoas deveriam me servir como escravas.

11 ESQUECIMENTO POSITIVO

OBRIGADO PELAS LEMBRANÇAS... NÃO

Um monte de coisas horríveis nos assola todo dia. Ou não?

No fim do dia, sempre estamos seguros do que realmente ocorreu? É possível que eu tenha feito isso? Ela disse mesmo isso? Eu disse mesmo isso? Agora que você está pensando sobre isso, você não sabe realmente, sabe? Não consegue fazer o relato de seu dia como algo que se aproxime de uma versão completa e acurada, consegue? E, se não consegue recordar-se com exatidão, talvez não consiga recordar-se de *modo algum*. Talvez você só esteja lembrando-se de sua reação ao que aconteceu, ou da lembrança de sua reação, ou da lembrança de sua lembrança.

Percebe como isso é uma ladeira escorregadia. O que lhe deixa um bocado de espaço para ziguezaguear.

As pessoas lhe dirão que o passado é fixo, determinado. Mas não há nada tão maleável, tão ajustável às suas necessidades como uma memória nebulosa.

Use-a.

Por que sua memória piora à medida que você fica velho? Deve ser porque você *tem a obrigação de* esquecer coisas. Com um pouco de prática, você pode transformar suas lembranças deploráveis em recordações maravilhosas — embora ilusórias — sem saber mais que antes. Ou, já que isso vem com a idade, talvez isso seja tudo o que sabedoria é.

Se Deus não queria que camuflássemos os fatos, por que Ele nos deu uma memória deficiente?

Memória seletiva

Imagine todas as suas lembranças arranjadas como arquivos de computador, arrumadas de acordo com a data ou tipo de arquivo. (Não recomendamos a ordem alfabética para esse exercício.)

Agora, aperte a tecla *"control"* (que irônico) e selecione apenas aquelas lembranças que reforçam uma imagem positiva e afirmativa de você e de sua vida.

Agora, delete todas as outras. Vá em frente. Elas ainda ficarão em seu subconsciente (caixa de reciclagem), caso algum dia você precise delas[12].

---

12. Alguns behavioristas afirmarão que não existe esse negócio de subconsciente. Qual é a deles? Você não consegue lembrar o nome de alguém pela manhã. Consegue lembrar à tarde. Onde ele estava nesse meio tempo? Pelo amor de Deus!

Nós fazemos isso o tempo todo. É chamado de "memória seletiva", e é como a maioria de nós passa o dia. Com um pouco de prática, você pode aprender a:

- Selecionar por tema.
- Editar suas lembranças durante o processo de seleção.
- Recuperar lembranças do subconsciente de maneira seletiva para criar uma impressão desejada.
- Convencer-se de qualquer quantidade de idéias tolas sobre sua história pessoal.
- Executar muitas outras opções de seleção avançada.

Memória criativa

A memória seletiva só pode levá-lo até esse ponto. Se não houver nada digno de selecionar? Esse é o motivo pelo qual *Me engana que eu gosto* recomenda, para os auto-ajudadores sérios, a prática da memória criativa, a abordagem *pró-ativa* da administração de memória.

Nem sempre é fácil a criação consciente de lembrança, e isso não é para todo mundo. Eis como ela funciona:

Tente começar com alguma coisa pequena, algo sobre o qual possa enganar-se sem sentir culpa ou auto-recriminação.

Digamos, por exemplo, que você goste de futebol. Seu time perdeu ontem. Em vez de dizer a si mesmo que eles ganharam — uma lembrança que será refutada sempre que for ver o registro de vitória-derrota —, diga que eles perderam por apenas três gols em vez de seis. Dessa maneira, se algum dia você vir o placar verdadeiro, pode dar de ombros para a discrepância, sem se importar com ele.

É essa capacidade de ignorar discrepâncias, que chamaremos de "atenuar", que você precisa aprender e cultivar. Da mesma maneira que qualquer coisa é comestível se você cortar em pedaços bem finos, qualquer lembrança pode tornar-se convincente se você fragmentá-la em "unidades de plausibilidade" bem pequenas.

Agora, experimente isso: imagine o mundo como você gostaria que fosse. Conseguiu? Agora imagine isso como já tendo acontecido. Em seguida, esqueça que você imaginou isso. As coisas já são do jeito que deveriam ser, e qualquer pessoa que diga o contrário é mentirosa.

Nadando em negativa

Como já disse uma cabeça maior que a minha, negativa não é um rio do Egito. O que esse espertalhão se esqueceu de dizer foi que a negativa é uma ferramenta poderosa, uma arma importante do arsenal do esquecimento positivo.

Quantas vezes você conseguiu esquecer algo desagradável (ou não pensar na coisa de modo algum) quando, de supetão, alguma coisa ou alguém lhe recorda a coisa que você estava querendo esquecer?

É aqui que um senso de negativa bem desenvolvido pode ajudá-lo. Não apenas você pode recusar-se a reconhecer — até mesmo para si mesmo — que pensou nessa coisa, seja o que for, mas, com um pouco de prática, você pode negar a própria coisa, negar que a achou desagradável, e até mesmo negar que está em negativa.

Não existe, na verdade, nenhum limite para o poder dessa ferramenta na arte e prática do Doce Ilusão.

AFIRMAÇÕES

- Não vou confiar em minha memória se não gostar do que ela está me dizendo.

- Vou inventar histórias, depois acreditarei que elas são verdadeiras.

- Se eu não souber o que acabou de acontecer, verei a coisa sob a luz mais favorável possível.

- Isso não é uma mentira se o estou dizendo para mim mesmo.

12
A VIDA É APENAS UM SONHO

SUA VIDA SE BASEIA NUMA HISTÓRIA VERDADEIRA?

Os sonhos são fugazes, mas, por outro lado, o resto da vida também.

É provável que você tenha tido milhares de sonhos durante muitos milhares de noites. Quantos deles você consegue lembrar?

Por outro lado (ou talvez pelo mesmo lado), dos milhões de acontecimentos de sua vida, do que você consegue se recordar em estado desperto? Dos milhares de dias que passou no trabalho, de quantos consegue se lembrar com algum detalhe? Quantos livros você leu? A quantos concertos assistiu?[13]

A diferença entre vida desperta e não desperta é imensamente exagerada. Nós só nos lembramos

---

13. Tudo bem, talvez haja uma razão para não conseguir lembrar-se dos concertos.

de uma pequena fração daquilo que experimentamos. O resto se perde numa névoa como num sonho.

Se você se acha tão esperto, se pensa que presta atenção à maior parte das coisas que acontecem à sua volta e guarda-as na memória, faça esse simples teste:

1. Quem é o autor do livro que está em sua mão?
2. Que canção é a fonte do título deste capítulo?
    (Dica: não é "Sh-boom". Essa foi "A vida *poderia ser* um sonho".)[14]
3. O que você jantou na última terça-feira?
4. Qual foi a primeira pergunta desta lista?

Como salientamos no capítulo anterior, sua vida, tal como é, é uma série de acontecimentos lembrados pela metade, reconstruções, recordações incorretas desejosas e invencionices rematadas. Eles são amarrados como uma história que você está contando para si mesmo, com você como personagem central.

Nem toda história de todo mundo é positiva. Nossas histórias são trágicas ou cômicas com tanta freqüência como são heróicas. Para cada pessoa lá fora que recorda coisas apenas sob a melhor luz possível há um otário que só consegue lembrar as coisas negativas.

Acordando

Os sonhos e a vida em estado de vigília têm uma coisa importante em comum. Nós não nos lembramos de coisa alguma a menos que acordemos.

---

14. Reme, reme, reme seu barco.

Estudos revelam que os sonhos que ocorrem no meio da noite, e durante os quais o sono é ininterrupto, não são recordados.

De maneira semelhante, nós só nos lembramos de acontecimentos da vida durante os momentos de autoconsciência — ou seja, de vigília —, embora essa consciência seja, em geral, marginal e momentânea, na melhor das hipóteses.

Quantas vezes você dirigiu um carro e de repente percebeu que esteve completamente alheio aos arredores, ao próprio ato de dirigir, ao tráfego, ou ao caminho? Esses momentos de desatenção são irrecuperáveis. A percepção de que você esteve inconsciente é em si um momento de consciência, mas, quanto ao resto, você bem podia estar dormindo.

A vida é longa

O estupor andante que chamamos de "vida diária" pode ter um importante valor para a sobrevivência.

Uma das maiores mentiras que você sempre ouve é que "a vida é curta". Se a vida é curta, como pode um filme de três horas ser interminável? Como um vôo transatlântico pode durar uma eternidade? Como pode uma fila de banco durar para sempre?

O tempo percebido pode ser relativo, mas a vida é a coisa mais longa. Imagine como a vida pareceria muito mais longa se você estivesse consciente o tempo todo.

Interpretação de sonho/vida

Se você conseguiu embaçar suficientemente a distinção entre dormir, sonhar e ficar vadiando num entorpecimento semiconsciente o dia inteiro, vamos começar a tratar dos símbolos de sonho mais comuns e ver o que eles nos têm a dizer sobre nossa frágil vida.

É importante observar que, com algumas exceções, esses eventos de sonho significam a mesma coisa, quer aconteçam durante o sono, quer aconteçam na vida em estado desperto.

SONHO/SÍMBOLO	SIGNIFICADO
Você perdeu sua carteira.	Isso tem significados duplos. Se você for mulher, está sentindo que corre o perigo de perder o controle de sua vida. Se for homem, deveria manter as mãos mais perto da genitália.
Seu carro está com quatro pneus furados.	Seu veículo (ou seja, seu corpo) está deixando você na mão. Mas dessa vez você está com sorte e não é nada que não possa ser consertado.
Você tem um exame na escola para o qual não estudou. Na verdade, você esqueceu que se matriculou nesse curso.	Não está contente porque já não está na escola?
Você está voando no espaço, regalando-se e assombrado com seus talentos.	É seu eu de sonho fazendo careta de desafio para seu eu acordado.
Você recebe uma mensagem de alguém que acabou de morrer.	Não dê ouvidos. Não é porque morreram que ficaram inteligentes.

SONHO/SÍMBOLO	SIGNIFICADO
Você encontra uma fera poderosa — um carneiro não castrado, um veado macho ou um urso.	Aqui tem importância o seu estado. Se estiver dormindo, é um rápido olhar em seu próprio potencial de força e poder. Se estiver acordado, pernas pra que te quero.
Você está tentando chegar a algum lugar, mas não consegue se mover.	Isso é porque você foi temporariamente privado de suas funções motoras. Ou você está sonhando, ou está em coma. Se ouvir alguém chamar seu nome, pisque duas vezes.

AFIRMAÇÕES

- Estou sonhando que acordei.
- Não consigo lembrar por que me belisquei.
- Acho que estou acordado, mas pode ser um truque.

13
OTIMISMO EMBRIAGADO

ACENTUE O POSITIVO

Quem se diverte mais? O otimista, para quem a vida jamais satisfaz inteiramente as expectativas? Ou o pessimista, para quem a vida é uma série sem fim de "eu bem que avisei"?

Pergunta manhosa, certo? E a resposta é manhosa também.

O segredo — que *Me engana que eu gosto* está autorizado agora a revelar — é não ter nenhuma expectativa.

É espantoso como o universo reage rápido a sugestões. Se você espera o pior, é fácil para a vida atendê-lo. Agora, se você espera o melhor, bom, aí já é pedir um bocado.

Mais uma vez, o macete é *não espere coisa alguma*. Se você não dá a eles alguma coisa com que trabalhar, cria dificuldade para os planos deles em relação a você.

Além da esperança

Machuca esperar? Nadinha.

O tema deste livro poderia ser descrito como o triunfo da esperança sobre a experiência. A experiência, você pode vir a percebê-la, não é tudo isso que dizem por aí. Foi a experiência que nos botou nessa enrascada. Talvez a esperança possa tirar-nos dela.

Na verdade, você pode ir além da mera esperança. Usando técnicas como aquelas descritas em outra parte deste volume — operações para simular, procedimentos de memória criativa e seletiva, pôr culpa, não se importar, atenuar e outras medidas auto-enganadoras —, você jamais precisará encarar de novo uma expectativa não satisfeita ou uma promessa não cumprida.

Perversidade poliânica

É possível ser otimista *demais* em sua perspectiva? Pode apostar que é. Você não quer ser tão confiante em sua invencibilidade a ponto de vencer o trânsito ou investir em ações de tecnologia.

Eis aqui algumas maneiras de reconhecer que está sendo excessivamente poliânico em sua perspectiva:

- Você está sempre mostrando o lado evidente dos problemas das outras pessoas.
- Você é capaz de ver o lado evidente de seus próprios problemas.
- Acha que tudo acontece por alguma razão.

- Acredita que todo dia, em todos os aspectos, as coisas estão ficando cada vez melhores.
- Mesmo por um momento você levou o título deste livro a sério.

AFIRMAÇÕES

- Sou tão sentimental que choro ao assistir novelas.
- Tudo sempre se resolve da melhor maneira.
- Não importa o que aconteça, não vou mudar.

14
SIGA SUA INTUIÇÃO

SABENDO O QUE É BOM PARA VOCÊ

A INTUIÇÃO É MÁGICA

Basta dizer a palavra, e pessoas que nem sonhariam em consultar um médium, quiromante ou vidente gastarão uma fortuna com um consultor intuitivo, um conselheiro comercial intuitivo ou um consultor de compras intuitivo.

A INTUIÇÃO É COLOSSAL

Há centenas de livros esquisitos (alguns muito esquisitos) sobre despertar, desenvolver, treinar, realçar, aperfeiçoar e dar sintonia fina à sua intuição. Existem livros sobre intuição nos negócios, na medicina, na ciência, na música, na arte, na matemática, no amor e em seus sonhos. Outros livros lhe ensinam a liderança intuitiva, o investimento intuitivo, a cura intuitiva, a culinária intuitiva, a psicoterapia intuitiva, a administração intuitiva, o namoro intuitivo... só para mencionar alguns.

É espantoso o quão profundamente a intuição penetrou na vida normal das pessoas e foi aceita como uma abordagem viável à tomada de decisões. É como uma gigantesca escapatória às leis do senso comum e da razão que guiam a sociedade moderna.

A crença cega da intuição

Em que — você pode perguntar — a intuição difere dos métodos tradicionais de consciência mediúnica como a clarividência e a precognição?

A resposta é que a intuição deu um drible final na ciência e na parapsicologia com afirmações além daquelas jamais ousadas por algum pesquisador paranormal. É a parapsicologia sem lágrimas.

Os talentos paranormais normais como a telepatia são notoriamente caprichosos e falíveis. Exatamente quando você acha que encontrou um sujeito dotado, ele ou ela fracassará por completo na *performance* — em especial, diante de uma platéia de céticos.

Por outro lado, a intuição *jamais está errada* — como expressou um de seus praticantes mais entusiásticos. Se você obtém uma resposta errada, é porque não estava usando sua intuição. Muito conveniente, você diria, não?

Suposições latentes

Quer suas intuições sejam mensagens do subconsciente, quer sejam de seu eu superior ou de uma agência externa, você sempre espera que sejam *benéficas* no sentido da palavra mais inacessível, intestável e cegamente otimista.

Significa isso benéfico para você, para sua família, para caderneta de poupança, para seus credores, para sua comunidade, para sua empresa, para a sociedade, para o planeta? Quem sabe? Quem se importa?

Tal como um mestre de xadrez que sempre consegue ver todos os movimentos e sempre faz a melhor jogada, a intuição pode atravessar a incerteza e a imprevisibilidade da vida e iluminar um caminho claro para sua meta, por mais obscura que ela seja para sua mente consciente.

Parece legal. Então, como você faz isso?

Ferramentas para a intuição: o poço e o pêndulo

A maioria dos escritores sugere que, quando for tentar manifestar conscientemente os *insights* intuitivos, você relaxe e procure atingir um estado emocional e mental receptivo e aberto, tal como descrevemos em quase todos os capítulos deste livro.

Em seguida, você coloca sua averiguação em forma de uma pergunta. A interrogação exata é de pouca importância para o processo, mas sugere-se em geral que possa ser respondida com um "sim" ou um "não": vou casar um dia? Devo comer essa cenoura? Essa técnica é confiável?

Na literatura dedicada ao desenvolvimento e aplicação da intuição, estes são os procedimentos e ferramentas mencionados com mais freqüência:

- *O poço*. Muitas pessoas acham que a primeira indicação de uma "tacada" intuitiva pode ser sentida na boca do estômago. Uma sensação nauseante pode ser a indicação de que você está prestes a tomar uma má decisão. Por outro lado, pode significar que você já a tomou quando decidiu comer aquela fatia extra de pizza de *pepperoni*.

- *O pêndulo*. Para aqueles que exigem os ornamentos da verificação objetiva, ou que acreditam que o uso de instrumentos aumenta de alguma maneira a exatidão da adivinhação, alguns recomendam o uso de um pêndulo. (Serve qualquer peso preso na ponta de um cordão.) O pêndulo atua como um amplificador de suas tendências inconscientes — o eu interior que sabe a resposta certa. Embora pareça que esteja tentando segurá-lo firme, na verdade você o balança na direção que desejar. Uma direção significa "sim"; a outra, "não".

- *Revirar os olhos*. Faça uma pergunta a si mesmo na frente do espelho. Se seus olhos revirarem no sentido anti-horário, significa que a resposta é "não". Se eles revirarem no sentido horário, significa que você vai proceder contrariando seu melhor juízo.

- *O efeito Pinóquio*. Mais uma vez, faça a si mesmo uma pergunta na frente do espelho. Responda à pergunta. Se seu nariz crescer de uma maneira perceptível, você está mentindo para si mesmo.

Quando se trata do poder da intuição para produzir uma mudança positiva em sua vida, nós apenas arranhamos a superfície. Para mais informações, leia meu próximo livro *Doce ilusão por meio de intuição* ou *Intuição por meio de doce ilusão*. Vou consultar meu pêndulo para ver qual título o tornará um *bestseller*.

AFIRMAÇÕES

- Alguma coisa me diz que estou no caminho certo.
- Sempre confiarei nas respostas que não consigo apreender totalmente.
- O que é bom para mim é bom para todo mundo.

RESULTADOS DA PESQUISA NA INTERNET

"Intuição é como seu cérebro usa os outros cinco sentidos."

"Intuição faz parte de seu direito inato, suas instruções de um poder superior, ou como quer que você decida chamar Deus."

"Intuição é um campo de alta habilidade da Esotérico Ltda."

"Intuição é um crescimento, principalmente, da sensibilidade e de uma resposta interior à alma."

"Intuição é a apreensão direta da verdade, ou, talvez se deveria dizer, o sentimento da apreensão direta da verdade."

"Intuição é a arte de um 'idiota'. A intuição não exige que você 'saiba' alguma coisa sobre o assunto que está lendo. Nem sequer exige que você compreenda as impressões que está recebendo!"

"A intuição não é confiável porque a mente consciente pode confundir dedução profética por intuição com outros procedimentos subconscientes."

"É difícil atingir na terra, num corpo físico denso, a verdadeira intuição divina."

"Intuição é nosso vínculo com outros mundos."

"A intuição é encontrada nos espaços existentes entre seus pensamentos."

"Intuição é uma coisa esquisita."

"Intuição é uma instância importante da apreensão, que é central a uma forma de processo de idealismo pluralístico que alguns de nós consideram o coroamento do progresso da atividade racional e reflexiva da humanidade."

"Intuição é uma palavra que um dia a ciência poderá definir por completo."

"Intuição é a resposta subconsciente à razão, por meio da qual se atinge o conhecimento além da razão."

"Intuição é um músculo que pode ser treinado."

"Intuição é a coisa mais intuitiva que os intuitivos intuitivos podem intuir para ter intuição..." (Tudo bem. Esse é um chaveco para enganar os mecanismos de busca.)

"Intuição é a função psicológica que a criança usa enquanto está no útero."

"Intuição é aquilo que resulta quando permitimos que nossos cinco sentidos se misturem livremente entre si."

"Intuição é um negócio manhoso."

15 IMUNIDADE TOTAL

TRAVESSURAS TURBULENTAS DE MENTE-CORPO

Se dependesse de você ou de mim realizar conscientemente até mesmo as funções mais rudimentares do corpo, estaríamos metidos numa grande encrenca. Não sei como digerir comida ou, Deus me livre, fazer o sangue circular. Os processos eletroquímicos necessários para, digamos, dissolver uma menta no hálito estão muito além de minha imaginação mais frenética.

Se lhe dissessem que seu primogênito seria morto a menos que você produzisse um pouco de cera de ouvido, você se sentiria grato pelo fato de seu corpo saber fazer isso — porque você com certeza não sabe.

E, se você corta seu dedo ou arranha o joelho, não precisa da ajuda do médico, do terapeuta ou do cirurgião mediúnico. A coisa se ajeita sozinha.

Toda cura é milagrosa. Podemos criar teorias sobre auto-organização, autopoese, resíduo ectoplásmico, ou ressonância biomórfica[15], mas tudo se reduz a que, deixados em paz, os organismos vivos tendem a se curar.

O problema, naturalmente, é que é quase impossível deixá-los em paz. A mente, essa tagarela hiperativa localizada atrás dos olhos, insiste em ter a palavra. E, assim fazendo, complica as coisas.

Você se importa?

Como a mente afeta o processo de cura? Bem, primeiramente, ela tenta dar um jeito nas coisas. Uma vez que, como salientamos, (a) com maior probabilidade as coisas se ajeitam sozinhas e (b) não temos a menor idéia do que estamos fazendo, as chances são de que aquilo que fazemos para consertar as coisas só irá piorar a questão. Se de fato conseguirmos melhorar-nos mediante nossos próprios serviços, é pura sorte (ou serendipidade, intervenção angélica, auto-suporte intuitivo, orientação divina, macumba científica, dependendo do capítulo em que estamos).

Uma outra coisa que a mente fará é iludir-se. Na verdade, de todas as funções da mente aquela que opera da maneira mais eficiente é a capacidade de auto-engano. Nós estamos no máximo quando exageramos a importância das coisas, entendemos errado, deixamos de ver o quadro geral, não reparamos no óbvio, seguimos pistas falsas, esquecemos o

---

15. Essas são teorias verdadeiras.

que acabamos de aprender, prestamos atenção a conselho errado e chegamos a conclusões equivocadas.

Conhece-te a ti mesmo

Uma das faculdades da mente amplamente proclamada é sua capacidade de influenciar o sistema imunológico do corpo. Ao contrário do sistema circulatório ou da musculatura, o sistema imunológico é amorfo e teórico e, como tal, notoriamente aberto à sugestão psicológica. (Talvez o único dos sistemas do corpo a ser propenso a se isolar em virtude de mensagens mentais seja o sistema eliminatório, como sabe qualquer pessoa que já competiu num torneio de golfe.)

O sistema imunológico é aquele que reconhece e distingue o que sou eu (ou você) daquilo que não sou eu (ou não é você). De maneira bastante literal, quando sua auto-estima está baixa, seus limites se tornam menos bem definidos e seu corpo é menos capaz de discriminar entre as várias substâncias e influências que atuam sobre ele.

O que deve fazer um corpo?

Aviso: não leia isso pouco antes ou pouco depois de comer

Do lado inteligente, seu corpo não é realmente seu. Nem é de fato um corpo. Na verdade, é um enxame de organismos, criaturas unicelulares e multicelulares, miniinsetos desajeitados e blindados, microcarnívoros parecidos com caranguejos, ácaros *demodex* comedores de pele e de cabelo, várias e diversas bactérias e mitocôndrias e micróbios multifários. Cada uma de suas células é, na verdade, capaz de uma existência independente, embora curta e entediante.

Com a ajuda de sua imaginação criativa, essas criaturas conspiram para perpetuar a ilusão de um corpo coeso, um eu separado e identificável. (É um milagre o fato de que você seja até capaz de ler este livro.) Para ter uma saúde ótima, você precisa conquistar a maioria dessas entidades. Todo o sistema age como uma democracia, com toda a corrupção e tráfico de influência que isso implica. Graças a Deus, não é uma república, senão partes de você estariam empanturradas, enquanto outras estariam deploravelmente subnutridas.

Alguns "faça" e "não faça" para fortalecer seu sistema imunológico

Como hoje em dia a imunidade é um tema quentíssimo, oferecemos uma pequena recomendação prática de todos os dias, compilada em nossas montanhas de pesquisas, para otimizar seu sistema imunológico para a saúde e a longevidade:

Não	Sim
Não coma verduras e legumes frescos. Eles vêm do solo onde são enterradas as pessoas mortas.	Coma comida enlatada. Cozinhar além do ponto é sua primeira linha de defesa contra os germes.
Não coma grãos. Eles são pequenos e podem ficar entalados na garganta.	Coma carne de cordeiro, seguida de leite. Não é *kosher*, mas reveste o corpo com uma camada protetora de gordura coagulada.

Não	Sim
Não beba água. Os peixes fodem dentro dela.[16]	Beba álcool. É um anti-séptico e limpa o sistema.
Não tome vitaminas. Elas não são naturais e vão atrair a ira das divindades naturais.	Fume cigarro. Isso vai cauterizar os pulmões, protegendo você contra pestilências transportadas pelo ar.
Não faça exercícios. Eles desgastam o corpo e abrem os poros para bactérias e outras sujeiras.	Veja muito televisão. Existem muitos programas no ar agora.

AFIRMAÇÕES

- Se eu tiver de escolher entre minha mente e meu corpo, vou escolher.
- Que saia o mal e entre o bem.
- Nós, as células do corpo, estamos muito felizes como "parasitas".

---

16. Motivo pelo qual W. C. Fields jamais tocou nesse troço.

16 SACO DE SURPRESAS COM DIAGNÓSTICOS

VIDAS PASSADAS, ABDUÇÃO POR EXTRATERRESTRE, ABUSO SATÂNICO E OUTROS

Os terapeutas, assim como outros profissionais da área, são mais eficientes quando se ocupam de campos de sua própria especialização. Naturalmente, seu conhecimento sempre aumenta com novas descobertas, e muitas vezes suas especialidades refletem as últimas tendências da teoria psicológica.

Com muita freqüência, os diagnósticos modernos vão além daqueles contidos nos manuais de psicologia. Dependendo do clínico, o cliente pode sofrer hoje em dia de desordem de personalidade múltipla, possessão e ligação com espírito, trauma de vida passada, lembranças reprimidas de abuso, abdução por extraterrestre, aura perfurada, desequilíbrio de *chakra*, ataque sobrenatural, abuso em ritual satânico, aflição astrológica, e quem sabe de que outras doenças recentemente descobertas?

Para ajudar esses diagnósticos, a hipnose passou a ser amplamente usada como ferramenta terapêutica, em especial para "recuperação" de lembranças de pacientes recalcitrantes, ou seja, aqueles que não cooperam prontamente com as predisposições de seu terapeuta. Eis aqui três históricos de casos verdadeiros que demonstram esse princípio.

Histórico do caso 1: trauma de vida passada

Das notas da dra. Grace Grace, Ph.D.

O paciente Randall, um homem de 24 anos de idade, foi encaminhado a mim pelo dr. S. Simon, que suspeitava que os sintomas de Randall pudessem ser o resultado de um trauma de vida passada (TVP). Randall apresentava vários sintomas indicativos de TVP, incluindo dificuldade para dormir, incapacidade de entregar-se a um relacionamento, sentimentos de inadequabilidade, tristeza e acne.

Com o consentimento do paciente, comecei uma sessão hipnótica. De acordo com o procedimento costumeiro e aceito, o paciente foi induzido a relaxar e em pouco tempo estava em transe hipnótico profundo. A conversa seguinte teve lugar durante sete minutos da sessão.

— Em que está pensando?

— *Estou pensando em estar aqui, com você, nesta cadeira.*

— Me esquece. Acho interessante que você esteja pensando na cadeira. É confortável?

— *Muito.*

— É confortável apenas fisicamente ou é confortável porque é familiar?

— *Não sei, só é confortável.*

— Então, você não se lembra de um dia ter estado numa cadeira como essa antes?

— *Não sei. Acho que não.*

— Mas é possível, não?

— *É.*

— Se você não consegue lembrar, talvez seja porque aconteceu há tanto tempo que você não consegue lembrar. Acha que isso é possível?

— *Acho que sim.*

— Se você nunca se sentou antes nessa cadeira, não acha estranho que ela seja tão familiar?

— *Sim, é estranho, eu acho.*

— Talvez você tenha sentado nela, mas há muito, muito tempo. Quero que se lembre de você estando sentado nessa cadeira num outro tempo.

— *Tudo bem.*

— Como você está vestido?

— *Como estou vestido? Oh, entendo o que você está querendo dizer. Vejamos... estou usando uma espécie de casaco militar, e minha mão está enfiada na frente. Sou muito baixo...*

O paciente Randall continuou recordando-se de uma vida passada como Napoleão. Nas sessões seguintes, ficou revelado que na verdade ele era Josefina. Com esse conhecimento, ele se tornou apto a procurar uma operação de mudança de sexo, de cuja decisão começou a se arrepender há pouco tempo.

Histórico do caso 2: abuso em ritual satânico

Das notas da dra. Clarence Clarence, Ph.D.

A paciente Georgia D., de 19 anos, foi encaminhada a mim pelo dr. S. Stuart, que suspeitava que Georgia fosse uma possível vítima de abuso em ritual satânico (ARS). Georgia apresentou-se com sintomas indicativos de ARS, incluindo problemas em sua vida doméstica, insônia, senso de fracasso, leve depressão e acne.

Incentivei a paciente a se submeter à hipnose, com o que ela concordou. Assim, hipnotizei Georgia com os procedimentos habituais. Então, regredi-a à sua infância. Essa conversa ocorreu em doze minutos da sessão.

— Você se lembra de algum dia ter estado num quarto com seus pais?

— *Lembro.*

— Aha! Tem alguma outra pessoa no quarto com eles?

— *Não.*

— Tem certeza?

— *Acho que não.*

— Você acha que não tem outra pessoa ali ou acha que não tem certeza?

— *Não sei.*

— É possível que uma outra pessoa esteja ali?

— *Talvez.*

— Bom. O que estão fazendo, essas outras pessoas?

— *Não lembro.*

— Você não lembra ou não quer lembrar? Elas estão tocando em você de uma maneira imprópria?

— *Acho que não.*

— Mas não tem certeza.

— *Não sei.*

— Bem, então como elas estão tocando em você?

— *Hum.*

— Talvez estejam usando máscaras?

— *Acho que sim.*

— E estão cantando?

— *Ahn.*

— O que estão cantando?

— *Não consigo entender.*

— Estão chamando o diabo e seus discípulos, não estão?

— *Hum, acho que pode ser.*

A partir daí, Georgia progrediu rapidamente. Foi convencida a romper a relação com a família, e entrou com um processo civil contra os pais para reaver os custos da análise. Infelizmente, as acusações criminais nunca foram apuradas, pois o promotor público não ficou convencido da existência do culto satânico envolvendo os pais de Georgia e seus amigos e colegas.

Histórico do caso 3: abdução por extraterrestre

Das notas do dr. Lewis Lewis, Ph.D.

A paciente F., de 34 anos, foi encaminhada a mim pelo dr. C. Clark, que suspeitava que o caso de F. fosse de abdução por extraterrestre (AET). Os sintomas de F. eram persistentes, porém não graves. Todos eram compatíveis com os sintomas conhecidos de AET. Eles incluíam leve desordem de sono, um casamento fracassado, solidão, sentimentos ocasionais de inferioridade, tédio e acne.

Eu disse à paciente que muitas vezes é útil uma sessão de hipnose. Ela concordou em experimentá-la, e passei a induzir um estado de relaxamento, seguido de um transe profundo. O diagnóstico seguiu-se a esta conversa reveladora:

— Você teve amigos imaginários quando era criança?

— *Não.*

— Eu ficaria bem mais feliz se você dissesse que teve.

— *Tudo bem. Talvez eu tenha tido.*

— Não diga isso só por minha causa. Como era a aparência deles?

— *Não lembro.*

— Você já viu o filme *ET*?

— *Já.*

— Bem, não quero que você pense nisso. Agora, como era a aparência de seus amigos imaginários?

— *Não tenho certeza.*

— Como eram os olhos deles?

— *Hum.*

— Imagine-os em sua mente. Os olhos deles eram grandes ou pequenos?

— *Acho que grandes. Sim, e com um formato estranho.*

— Não diga isso a não ser que seja verdade. Como eram os braços deles?

— *Os braços eram finos.*

— Bom, agora estamos chegando a algum lugar.

A paciente F. continuou descrevendo o cenário clássico de abdução por extraterrestre, como no filme *Communion*, ao qual ela também havia assistido. F. foi introduzida em nosso grupo semanal de abdução. Freqüenta as reuniões regularmente e participa das viagens de estudos ocasionais do grupo, que ocorrem quando as aterrissagens parecem iminentes.

AFIRMAÇÕES

- Se aconteceu em minha vida passada, eu deveria esquecer.
- Minhas lembranças falsas são mais traumáticas do que suas lembranças falsas.
- Estarei pronto quando vierem me buscar.

17 MEDICINA ALTERNATIVA ALTERNATIVA

OS PRAZERES DO FETICHE

Temos visto nos últimos anos crescer o interesse pela medicina alternativa. Os médicos começaram a apreciar o valor de uma perspectiva mais ampla e holística quando se trata de saúde e bem-estar. Hospitais e clínicas oferecem agora tratamentos como meditação, massagem e terapia de grupo. Até mesmo os planos de saúde estão entrando na jogada, quando pensam que isso vai economizar-lhes alguma grana.

Estamos começando a perceber que não é indispensável que a teoria que está por trás de um procedimento seja perfeitamente compreendida para que esse procedimento seja eficiente. Tanto na medicina normal como na alternativa empregamos de maneira rotineira terapias baseadas naquilo que foi observado que funciona — com a teoria vindo depois do fato, quando vem.

Trabalho de desbravamento espiritual

Poucos duvidam que haja valor em algumas — se não em todas — abordagens não tradicionais que estão sendo usadas agora para promover o processo de cura e tornar a prática da medicina mais humana.

Para examinar mais essa questão, *Me engana que eu gosto* investigou os longos alcances da medicina alternativa, examinando sobretudo aquilo que é denominado "medicina de energia". Isso inclui aromaterapia, bioenergética, terapia de *chakra*, cromoterapia, cura por cristal, remédios florais, terapia com pedras preciosas, homeopatia, iridologia, cinesiologia aplicada, terapia magnética, musicoterapia, terapia do pêndulo, terapia da polaridade, radiônica, reflexologia, terapia do som, terapia vibracional, e assim por diante.

Encontramos tanta coisa por onde avançar penosamente que existe o perigo de jogar fora o bebê junto com a água do banho — ou a porca junto com a lavagem, como pode ser o caso.

Enquanto alguns tratamentos se baseiam em eficácia observada, muitas terapias, ao que parece, se originam de (a) um antigo saber interpretado de maneira livre ou (b) de modelos puramente abstratos concernentes a *chakras*, auras e campos de energia. (Veja capítulo 7, "Vibração, *chakras* e você".) Podemos chamar essas práticas de "terapias baseadas na fé".

Tais procedimentos podem ser testados? Sem dúvida. Não existe nenhuma razão pela qual alguns desses protocolos não possam prestar-se à verificação objetiva mediante provas clínicas, julgamento indevido, grupos de controle, e outros ornamentos da análise estatística.

O problema é que ninguém, nem o clínico alternativo, nem o cientista puro, tem interesse em realizar tais testes. Ambos têm um bocado a perder e, como as pessoas dos dois lados acham que eles são os únicos executores da vontade de Deus, não parece que iremos ver tão cedo estudos indevidos. Enquanto isso, eis aqui uma pequena amostra do que existe por aí.

Você sabia?[17]

- Se você nasceu no fim de fevereiro ou no começo de março, tende a pegar resfriado pelos pés.
- O tom de sol acima de dó central pode ser usado para manifestar grande abundância em sua vida.
- O som da vogal A longa pode afetar a assimilação de todos os nutrientes e está ligado a doenças do coração e da infância.
- "Respirar cor" diariamente pode equilibrar e fortalecer os *chakras*.
- A cor índigo pode ser usada com eficiência para tratar todas as condições do rosto, incluindo olhos, ouvidos, nariz, boca e seios da face. Também pode despertar a devoção e a intuição.
- Existe um mapa completo do corpo na parte inferior dos pés.

---

17. *Me engana que eu gosto* não faz nenhuma afirmação, nem dá certeza quanto à exatidão dessas declarações. O que você acha?

- Os cristais de quartzo podem ser usados para apressar a cura de ossos quebrados e abrir a aura a dádivas do espírito.
- Na homeopatia, quanto menor a quantidade do ingrediente ativo, mais forte é a dosagem. A dose mais alta não contém nada do ingrediente ativo.
- Um pêndulo pendurado em cima do corpo de uma pessoa pode detectar alterações que poderiam causar doenças futuras.
- O incenso de olíbano e fragrâncias lilases são usados para purificar nossos corpos sutis, preparando-os como veículos independentes da consciência.
- A essência de amora-preta pode ser usada para abrir novos níveis de consciência.
- Para diagnosticar a patologia de um paciente com o uso da radiônica não é necessário que ele esteja presente.
- A cor laranja pode ser usada para abrir a pessoa a energias e a seres no plano astral.
- O azul-escuro é bom para hemorróidas.
- Os elixires de pedras preciosas são mais fortes se preparados numa tigela de cristal. Não se esqueça de "repicar" a tigela de cristal doze vezes para os doze signos do zodíaco.
- Untar a cabeça com essência de magnólia enquanto se medita ajuda o desenvolvimento mediúnico, em especial para encontrar objetos perdidos.
- Inchação pode indicar uma atitude ou processo bloqueado na vida.
- A cor azul-esmalte é boa para bolhas d'água.
- Jasmim pode estimular a clareza mental e facilitar o parto.

* A *Sinfonia nº 1 em ré maior* de Mahler estimula o *chakra* do baço.

Medicina alternativa alternativa alternativa

Para o proveito de nossos leitores, *Me engana que eu gosto* apresenta informações mais abundantes sobre as seguintes modalidades de tratamento pouco conhecidas porém altamente eficientes.

Entomoterapia

O poder de cura de besouros e insetos, conhecido antigamente apenas dos xamãs, porcos-da-terra e gatos domésticos, está agora disponível a qualquer pessoa por meio do uso das entomoessências *TM*. Para preparar entomoessências *TM* para autoministração ou para aplicação em seus clientes, os insetos devem ser lavados e enxaguados, levemente mortos, secos no forno, e em seguida moídos até se tornarem pó fino. As entomoessências *TM* podem ser misturadas com suco de maçã.

A seguir, uma relação dos insetos mais comumente usados e suas especializações curativas.

Formigas — para o tratamento de confusão e desorganização.

Mangangás — para falta de jeito.

Libélulas — para imaginação hiperativa.

Lacrainhas — para distúrbios de audição.

Pernilongos — para irritabilidade.

Joaninhas — para paixão.

Mosquitos — para lesões da pele.

Tatuzinhos — para efeito placebo.

Louva-a-deus — para contato direto com a divindade.

Aranhas — para fobias.

Bicho-pau — para artrite.

Terapia de doces

Esses remédios foram surrupiados do volume há muito tempo esgotado *Um guia para os pais se vingarem*. Leia todos os rótulos com cuidado. Fique atento para as reações adversas. Lembre-se: um pouco dura muito.

Fatia grande — para sentimentos de inferioridade masculina.

Gomas de mascar — para desilusão.

Cigarros doces — para distúrbios de vício.

Chocolate — para disfunção sexual.

Pingos de leite — para manchas de pele.

Balas de goma — para alimentar sua criança interior.

Quebra-queixo — para tratamento da agressão.

Jujubas — para fazer e romper feitiços.

Barra de Mars — sensação de "voar" no espaço.

Marshmallows — para distúrbios do sono.

Chocolate com pimenta — para apatia.

Palitos de caramelo e leite — para coquetismo.

Tootsie Roll — para constipação.

Terapia de "pêlo de cães"

A prática da homeopatia que dizem ter sido descoberta por Samuel Hahnemann no século XIX tem suas verdadeiras raízes encravadas na tradição popular e no conhecimento comum. A teoria de que "semelhante cura semelhante" é conhecida há séculos por garçons, festeiros e pinguços do mundo inteiro.

Terrier — para dificuldade respiratória.

Sabujo — para problemas circulatórios.

Buldogue — para teimosia.

Chihuahua — para queda de cabelo.

Chow-Chow (raça chinesa) — para distúrbios alimentares.

Cocker spaniel ou mastim — para impotência.

Bassê — para problemas intestinais.

Pastor alemão — para distúrbio passivo-agressivo.

Cão de caça — para tesão.

Pointer — para orientação espiritual.

Poodle — para dias de cabelo ruim.

Retriever— para sentimentos de perda.

Schnauzer — para congestão nasal.

Setter — para letargia.

Sheepdog — para rebeldia.

Lebréu — para sadomasoquismo.

AFIRMAÇÕES

* Se derrubo meu cristal e ele quebra, não significa que vou morrer.
* Usarei uma tábua *ouija*[18] para decidir que cor vestir hoje.
* Não vou ouvir nenhuma música que não tenha sido aprovada antes por meu plano de saúde.

---

18. Sistema de comunicação com os mortos que se tornou popular a partir do século XIX. (N. E.)

18
SEJA UM XAMÃ

EXPLORANDO SUAS RAÍZES TRIBAIS

Já lhe contei sobre minha viagem de lançamento de livro em Quito, no Equador? Foi lá que fui drogado e seqüestrado pelo último grupo maoísta remanescente da face do planeta. Como meu editor não pagou o resgate, fui embrulhado com faixas e largado à deriva no rio Amazonas, onde fui encontrado três dias depois por um xamã da tribo dos birutex. Durante os trinta anos seguintes, vivi e estudei com esses índios em sua aldeia, nos Andes peruanos. Lá aprendi as técnicas xamânicas secretas que vou passar a discutir aqui...

Assim começam inúmeras histórias de escritores ocidentais contemporâneos, a maioria dos quais lançaram sua pesquisa como exercícios eruditos (ou em busca de substâncias psicoativas) e passaram a ficar encantados, absorvidos e eventualmente iniciados nos rituais de povos nativos da pré-civilização do mundo inteiro.[19]

---

[19]. Uma rápida busca no Amazon — o *website*, não o rio — mostra mais de duzentos livros recém-lançados com a palavra "xamã" no título.

A atração do xamanismo sobre os ocidentais de meia-idade é óbvia. Há as drogas. Há aquela música de fazer o coração martelar. Há aquele negócio de ficar acordado a noite inteira. Há isso de você dançar sozinho. Todas essas coisas que você achava que jamais experimentaria de novo.

Muitos chapéus

A expressão "xamã", que agora é usada de maneira universal, veio originariamente dos tungues, povo mongol da Sibéria. Eles são parentes próximos dos antigos islandeses, que nos deram a palavra "*ugg*", da qual todas as línguas derivam. O xamã desempenha muitas funções importantes na vida tribal — em especial na vida noturna tribal. Como a maioria das aldeias não possui televisão, boates, teatro, salas de emergência, zona de putaria, casas de *crack*, estande de tiro ao alvo e eventos de luta romana sancionados pela WWF, o xamã tem de ser todas as coisas para todas as pessoas:

- *Diretor-médico-chefe.* Na condição de curandeiro ou feiticeiro, o xamã precisa acompanhar o progresso da farmacopéia herbária, supervisionando a coleta, o armazenamento e a distribuição de plantas medicinais, sementes e raízes. Infelizmente, muitas vezes isso o leva a um senso exagerado de sua própria importância e à tendência de se confundir com Deus.

- *Rei da cocada preta das drogas.* Ficar doidão é um impulso tão universal quanto qualquer instinto humano. Anos de experimentação e conversa com os espíritos da planta levaram os xamãs a um conhecimento altamente refinado a respeito das substâncias psicoativas e seus efeitos.

Como ocorre na cidade, não é de maneira alguma insólito o fato de as pessoas que fornecem as drogas se tornarem líderes da comunidade.

- *Sumo sacerdote.* Em virtude principalmente da sua exaltada importância como fornecedor de drogas, o xamã é visto pelos doidões como algo como um ser superior, que tem uma conexão especial tanto com o mundo espiritual como também com o submundo. Em geral, o xamã faz pouca coisa para desiludir alguém que tem essa idéia.
- *Mestre-de-cerimônias.* Um xamã bem-sucedido pode trabalhar a casa com os melhores deles e é sempre a vida da festa. Freqüentemente faz o papel de DJ e apresentador solo.
- *Zelador de zoológico/cafetão.* Entre os trabalhos do xamã está o de marcar um encontro seu com o animal totêmico de seus sonhos. A importância desse relacionamento não pode ser exagerada, pois o que poderia ser mais íntimo do que uma transa bestial, corpo a corpo, na privacidade de sua imaginação?

Poderes animais

É crença xamânica que humanos e animais podem transformar-se uns nos outros e que somos protegidos por espíritos animais da mesma maneira como podemos ser protegidos por anjos da guarda (capítulo 19) ou por guias espirituais do eu superior (capítulo 6).

Cada animal tem suas qualidades únicas, e o xamã ajuda a escolher seu animal-totem após refletir sobre seu caráter e necessidades. Esses animais espirituais estão aptos a visitar você com freqüência, mesmo depois que você retorna à sua vida diária; assim, tome cuidado com quem você adota para companhia.

* *Coiotes*, por exemplo, são conhecidos como malandros. Você não gostaria de deixá-los sozinhos com seu bagulho.
* *Ursos* são legais desde que você fique do lado bom deles. Eles vêm a calhar numa pancadaria de bar.
* *Cobras* são consideradas muitas vezes mensageiras do Paraíso, de modo que possuir uma cobra como animal-totem é como ter uma conexão espiritual direta. Também são consideradas símbolos da morte e do renascimento; desse modo, fique esperto para com os sinais de que você morreu.
* *Águias* são consideradas intermediárias entre o céu e a terra. Dizem também que são zeladoras da sabedoria esotérica, de modo que, se você gosta de ser o único no círculo que reparte os segredos, a águia é seu homem.
* *Lobos* são predadores vorazes. Se você é solteiro, pode achar isso útil, mas, se for casado, poderia deixá-lo em encrenca.
* *Porcos* são de bandeja. Certo, as porcas são consideradas símbolos de fertilidade e os varrões têm lindas presas, mas me esforçaria por trocar por algo de mais caráter.
* *Cervos* são velozes e esquivos, meio meigos para serem protetores de muita coisa. Os veados, é claro, são uma outra história: o que fazer com todo o almíscar e aqueles chifres?

Outros animais — corvos, tartarugas, cavalos, morcegos, corujas, bodes, só para citar alguns — têm suas próprias sutilezas e peculiaridades. Para uma avaliação sem preconceito da natureza essencial da fera que você está considerando, consulte qualquer garoto.

O transe xamânico

A viagem do espírito está no âmago da experiência xamânica. As imagens e encontros desse estado de transe, ao contrário da maioria dos devaneios induzidos por droga, são previsíveis e podem ser manipulados por seu talentoso guia xamânico. Se você acredita no doidão, o conteúdo de sua viagem — as visões que você tem e os animais que aparecem para bater um papo — é resultado direto dos ingredientes de seu ensopado psicodélico e pode receber mais sintonia fina com as expressões oportunas e a intercessão mediúnica por parte do xamã.

Não é necessariamente por meio de drogas que o transe é induzido. O xamã é um especialista em monotonia e cacofonia. Horas com incompetentes batendo tambor, matraqueando e dançando são suficientes para despachar até mesmo o sujeito mais resistente ao transe para um estado próximo ao coma. O *cacafone* da selva, um instrumento nativo que soa tão mal quanto o nome, é usado quando os tambores não funcionam.

Cura xamânica

Boa parte de nossa medicina alopática deriva das plantas da floresta tropical. Enquanto a prática moderna isola e extrai os ingredientes ativos dessas plantas com a esperança de sintetizá-los no laboratório, o xamã usa a planta inteira, em geral em combinação cuidadosa com outros ingredientes. O potencial de cura dessas concocções é conhecido do xamã não por meio de experiência, mas por transmissão dos espíritos dos animais, dos antigos, dos ETs — na verdade, qualquer um que aparecer durante o transe para revelar seus segredos.

Os estudantes modernos da prática xamânica expressam muitas vezes a esperança de que essas técnicas de cura tradicionais sejam aceitas a ponto de serem integradas à medicina ocidental. Nós concordamos. O que poderia ser mais curador do que ver seu médico embonecado, com o rosto maquiado, dançando em volta de seu leito de hospital?

Xamanismo suburbano

Segundo as probabilidades, você não irá tão cedo para a bacia do Amazonas ou para a tundra siberiana. Portanto, vamos mostrar como você pode dar sua festa xamânica de barato, sem deixar o conforto de sua casa suburbana de classe média.

Eis aqui os artigos de que você vai precisar:

Tambores	panelas e frigideiras, caçambas de lixo, uma caixa corrugada; qualquer coisa em que você possa bater e fazer barulho. Use colheres de metal e de madeira como baquetas.
Chocalhos	um jarro com lentilhas ou feijões até o meio constitui um ótimo chocalho. Um desses paus-de-chuva de bambu pode aumentar o efeito.

Pintura de rosto	batom ou qualquer tinta de pele servem muito bem.
Efeitos sonoros	procure um bom efeito sonoro de selva em qualquer livraria da Nova Era. Ou consulte o Amazon — o website ou o rio.
Ayahuasca ou peiote	talvez você encontre alguma dificulda de em conseguir isso. Aqui está uma receita de uma mistura que pode produzir o mesmo efeito: 1 pacote de pudim de chocolate 12 cogumelos, fatiados 50 gramas de pasta de tomate 170 gramas de produto de limpeza instantânea multiuso 170 gramas de água de bateria 4 colheres de sopa do ingrediente secreto[20]
Caverna	um armário escuro quebra o galho. Para bloquear a entrada de luz coloque uma toalha debaixo da porta.
Fogueira	use a lareira, a churrasqueira ou uma área de acampamento. Não acenda uma fogueira dentro do armário.
Animais empalhados	um bom exemplar.

---

20. Escreva para o *e-mail*: wishfulthinking@hyperesfera.com para obter mais detalhes.

Sua festa deve ser espontânea, de modo que não vamos dar muitas dicas à guisa de instruções. Se você puder fazê-la ao ar livre, numa noite de lua cheia, tanto melhor. Pode jogar palitinho para ver quem vai ser o xamã, ou pegue a pessoa que tiver a maior cabeça.

É claro que não recomendamos que você use alguma substância ilegal, mas vai se divertir muito mais se usá-la.

AFIRMAÇÕES

- Quanto mais burra a fonte, mais profundo o conhecimento.

- Quanto mais fora dos eixos estou, mais próximo de Deus estou.

- Eu sabia que haveria drogas em algum lugar aqui.

19
GUARDIÃO AO MEU LADO

OU: QUANTOS ANJOS PODEM DANÇAR NA CABEÇA DE UM DEBILÓIDE

Toda cultura antiga o bastante para ter uma tradição possui uma crença em visitação e intervenção angélica. Toda religião que vale o capim que come descreve uma hierarquia de seres celestiais. Milhares e milhares de pessoas descreveram contatos com anjos ou outros mensageiros etéreos, cujo objetivo é nos guiar, proteger e consolar em tempos de necessidade. Alguns dos melhores artistas, escritores e visionários da história escolheram anjos, arcanjos e outros espíritos ministrantes como tema de suas criações. Quase cinco mil livros impressos e mais de dois milhões de *websites* tratam do tema dos anjos de uma maneira ou de outra. Uma pesquisa de opinião pública sobre o assunto mostrou que, enquanto apenas 30 por cento dos americanos questionados acreditavam em fantasmas, 25 por cento em astrologia e 12 por cento em comunicação espiritual, 72 por cento acreditavam na existência de anjos.

No entanto, na cultura popular, em nossas escolas e nos meios de comunicação, a mera idéia de anjos, ou de alguma forma de intervenção espiritual, torna-se inevitavelmente uma piada.[21]

Variedade de anjos da guarda

Os angelologistas (cujo tema é, quando muito, impalpável) insistem que façamos uma distinção entre anjos — que são mensageiros do divino — e outras criaturas fabulosas porém inferiores, como fantasmas, duendes, fadas, aparições, e assim por diante, que permeiam nossa literatura e erudição. Temos de aceitar a palavra deles em relação a isso.

Eles também fazem distinções claras e notavelmente bem informadas entre os próprios anjos.

Dizem que os anjos da guarda, o tipo mais provável de ser encontrado no mercado ou na fila do banco, são os mais humildes da raça, mas ainda são representantes do céu e, desse modo, têm uma certa influência. O trabalho deles é proteger nossas miseráveis bundas, guiar-nos e intervir em nossa vida de maneira benéfica.

Outros tipos de anjo — potestades, dominações, tronos, querubins etc. — têm seus próprios deveres e responsabilidades. Alguns deles combatem demônios. Outros fazem milagres. Outros aplicam justiça. Alguns administram o rol

---

21. Se alguns de vocês que estiverem lendo isso por acaso *forem* anjos, me desculpem, não quisemos ofendê-los.

de deveres angélicos. Outros são zeladores dos registros celestiais. Alguns vão fazendo a faxina atrás dos cavalos que puxam as carruagens celestes. O mais elevado de todos eles, o serafim, nada faz a não ser cercar o trono de Deus, cantando incessantemente "sagrado, sagrado, sagrado".

> **Existem algumas maneiras de saber se seu anjo da guarda está por perto:**
> 1. Você comete um erro grave no trabalho, mas uma outra pessoa leva a culpa e você escapa ileso.
> 2. A garota com chato nos pentelhos decide ir para casa com seu amigo em vez de com você.
> 3. Você está prestes a roubar uma loja de conveniência quando aparece uma freira.
> 4. No golfe, você dá uma tacada de lado terrível com o taco de ferro 5, mas de alguma maneira a bola acaba a 15 centímetros do buraco.
> 5. Você está prestes a pular de uma ponte quando alguém se aproxima de você e revela como o mundo seria pior sem você nele.

A visão moderna

O emprego contemporâneo dos anjos é profundamente confuso. Por um lado, eles são a imagem amplamente aceita e calorosamente acalentada de um tempo mais puro e mais inocente. Mas no cinema ou na literatura moderna eles são quase sempre tratados como fantasia ou piada. Em círculos acadêmicos, intelectuais e científicos — na verdade, aos olhos de qualquer pessoa que exija prova concreta antes de acreditar em alguma coisa —, todo o mundo das entidades desencarnadas, em geral, e dos anjos, em particular, não merece consideração séria.

Portanto, acreditar em anjos é uma espécie de segredinho sujo que a maioria das pessoas compartilha, mas sobre o qual não fala (a não ser para os pesquisadores de opinião pública). A questão é: os milhões, talvez bilhões, de pessoas que acreditam em anjos estão por dentro de alguma parada? Ou isso é apenas o mesmo tipo de psicose de massa que leva Britney Spears à popularidade?[22]

Como escreveu Anatole France, "se um milhão de pessoas acredita numa coisa tola, a coisa continua sendo tola".

Seu quociente de credulidade

Encare isso. Se você acredita do fundo do coração em anjos, já avançou um bom pedaço em direção a adquirir aquilo de que este livro trata. Não há muita coisa mais que possamos ensinar-lhe sobre doce ilusão, e é provável que você já esteja dando seminários sobre o assunto, ganhando mais grana do que nós.

A própria pesquisa de opinião pública informal de *Me engana que eu gosto* sobre a questão dos anjos revelou resultados surpreendentes. Principalmente, jamais nos demos conta do quão indecisos e vacilões são nossos amigos.

Ao mesmo tempo em que muito poucos foram capazes de dizer "eu acredito em anjos", ninguém se apresentou como voluntário para acabar com a idéia de que os anjos podem existir. Embora ninguém com quem falamos tivesse algum dia experimentado uma espécie de encontro angélico explícito, a maioria insistiu que um ou mais eventos milagrosos

---

22. Nota ao editor: se essa pessoa já não for mais popular, substitua-a por uma figura desenxabida, ridícula e extraordinariamente popular.

ou afortunados em sua vida poderia ter sido o resultado de uma intervenção divina.

Assim, essa questão de "anjos" vem a ser como uma espécie de teste final. Enquanto talvez tenha sido tornado mais fácil pelo fato de as pessoas no decorrer da história terem compartilhado a crença em anjos, ela continua sendo uma confirmação da fé da pessoa — não algo contraditado pela prova, mas algo acreditado na ausência de qualquer prova real, além dos relatos pessoais.

Estabelecendo o limite

Você acredita em anjos? E em fantasmas? E na tal fada do dente?

No tempo da escola secundária, nós tínhamos aquele professor rabugento, conhecido por sua irritação e pavio curto. Dois minutos depois do começo da aula, um aluno visivelmente pescoçudo entrou na sala e se sentou. O professor pigarreou, mas não disse nada. Alguns minutos depois, um cão sarnento entrou perambulando na sala. "Alguém quer fazer o favor de tirar esse cachorro?", disse o professor. "Temos de estabelecer o limite em algum lugar."

Vamos aproveitar o debate dos anjos e expandi-lo para definir e identificar nossas crenças mais gerais em relação ao mundo invisível.

Para cada uma das entidades da lista abaixo, indique seu nível de crença de acordo com a seguinte escala:

1. De maneira nenhuma.

2. Duvido que existam, mas vou me conter caso esteja errado.

3. Não saberia dizer ao certo, mas poderia ser subornado para ir numa ou noutra direção.
4. Tenho toda a certeza de que existem. Já vi fotos deles.
5. Estou certo de que existem. Já jantei com eles.

– anjos	– fadas	– ogros
– arcanjos	– *ghouls*	– *quarks*
– demônios	– gnomos	– querubins
– diabinhos	– *gremlins*	– sereias
– diabos	– grifos	– sátiros
– diabretes	– harpias	– súcubos
– dragões	– íncubos	– trasgos
– dríades	– *leprechaun*	– *trolls*
– duendes	– lobisomens	– unicórnios
– elfos	– ninfas	– vampiros[23]

Aqueles com sistemas de crença mais enroscados podem achar esse exercício simples demais. Por exemplo, talvez você acredite em ninfas da floresta, mas estabelece um limite em relação a ninfas das águas. Ou talvez você seja sofisticado demais ou frio demais para acreditar em alguma coisa. Ou talvez seu sistema de crença permita que você admita a possibilidade de alguma coisa, mas a realidade de nada.

---

23. Contagem de pontos de seu exercício Estabelecendo o Limite:

0 - 10 É provável que você seja uma pessoa muito enfadonha.

11 - 40 Você realmente é bastante evasivo, não é?

41 - 80 Você levou demasiadamente a sério sua leitura de terror na infância.

81 - 120 Você olha um bocado por cima do ombro, não?

121 - 150 Por favor, interne-se numa Sede de Tratamento Nova Era das proximidades.

Uma coisa é certa: se você não acredita na possibilidade de uma coisa, não a reconhecerá se ela bater em cheio em seu rosto.

AFIRMAÇÕES

- Se não fosse o meu amigo imaginário aqui, eu teria ficado maluco.
- Se eu pular de um prédio, meu anjo da guarda vai me pegar.
- Meu anjo da guarda disse para eu pular.

20 MUDANDO DE CANAL

ALÔ, POR FAVOR, QUEM ESTÁ FALANDO?

Você já esteve numa sessão espírita ou numa sala com alguém que estivesse tendo uma comunicação espiritual? Se você for como eu — e só posso supor que seja —, pode ser um belo teste de autocontrole.

A primeira premissa da comunicação espiritual, que também é conhecida como "mediunidade espiritual" ou "clariaudiência", é que alguém, fora a pessoa que se encontra na sala com você — alguém que não tem corpo próprio —, esteja falando realmente usando o corpo e a voz do médium ou "canal".

A segunda premissa da comunicação espiritual, se você puder passar pela primeira, é que o interlocutor desencarnado seja um ser superior, um ser com quase onisciência quando se trata de responder tanto a questões terrenas como a espirituais.

Existem poucos, se é que há algum, testes que você pode realizar para verificar a autenticidade do guia espiritual[24]. Em última análise, o único critério para julgar a verdade e o valor de uma comunicação espiritual é o conteúdo da sessão.

A comunicação espiritual não é para quem tem coração fraco, mas é ideal para quem tem cabeça mole. Enquanto alguns dizem que qualquer pessoa pode ser um canal, outros insistem que a preparação para anular as premissas de uma maneira tão completa a ponto de ser um canal efetivo leva muitos anos — ou até mesmo muitas vidas.

A sessão ME

Para o restante deste capítulo, *Me engana que eu gosto (ME)* convidou um grupo de seres superiores para contribuir por meio de um médium espiritual dotado, madame Sylvia, que oferece seus serviços pelo telefone, via televisão a cabo de fim de noite e pela internet. Aqui está uma transcrição dessa comunicação[25]:

— *Nós que estamos escrevendo este capítulo cumprimentamos vocês. Vocês, humanos, especialmente aqueles de vocês que vêm da parte rasa do* pool *de genes, têm muito que aprender conosco.*

ME — Muito obrigado por colaborar no nosso livro.

— *No hay de qué.*

---

24. Você poderia experimentar o teste do "revirar os olhos", descrito no capítulo 14, "Siga sua intuição".

25. Essa sessão é bastante curta porque as tarifas telefônicas estão muito caras. Tivemos de pagar vinte e cinco minutos de espera enquanto madame Sylvia convocava seus guias espirituais.

ME — Estou um pouco inseguro em relação ao que perguntar. Nós gostaríamos de aprender um pouco mais sobre comunicação espiritual. Por onde você sugere que comecemos?

— *Não importa por onde você começa. Nada do que você diga tem alguma importância. Nós passamos muitas encarnações preparando esse material. Não interrompa.*

ME — Quem é você?

— *Nós somos [ininteligível] do quinto nível. Talvez você já tenha ouvido falar de nós.*

ME — Como podemos saber que você não é apenas a própria madame Sylvia, ou algum funcionário espiritual de nível mais baixo?

— *Cabe a nós saber e a você descobrir.*

ME — Você está disposto a responder a nossas perguntas?

— *Nós sabemos todas as suas perguntas e todas as respostas, mas só vamos revelar aquilo que for melhor para seu desenvolvimento. Você acredita nisso? Vou lhe contar uma outra.*

ME — Como você consegue contatar esse canal?

— *Temos muitos canais aqui. Temos satélite. Ha, ha, ha.*

ME — Já que você consegue falar por meio de madame Sylvia, você pode controlar os gestos da mão dela e também outros movimentos do corpo?

— *Podemos controlar o corpo dessa médium do jeito que quisermos, mas somos velhos e não temos nenhum interesse em nenhuma de suas funções corpóreas inferiores. No entanto, seria gostoso poder fazer xixi regularmente.*

ME — Vocês não têm seus próprios corpos?

— *Nós costumávamos ter corpos, mas esquecemos onde os deixamos. Eu disse que somos velhos?*

ME — Você é o eu superior de madame Sylvia?

— *Não. Muitos dos supostos canais não estão fazendo mais do que contatar seu eu superior ou seus guardiães, tal como você descreve em seu deplorável capítulo 6. Isso não conta. A verdadeira comunicação espiritual tem de ser com aqueles de nós aqui do quinto nível, ou mais elevado.*

ME — Você continua referindo-se ao quinto nível. Quinto nível do quê?

— *Não seja importuno. Nós lhe contaremos aquilo que você precisa saber.*

ME — Você pode nos contar alguma coisa que já não saibamos?

— *Seu editor está com planos de vender seu livro como encalhe com preços de oferta. Como poderíamos saber disso se não fôssemos de fato geniais?*

ME — Eu pensava que a humildade fosse uma das qualidades dos seres superiores.

— *Cale a boca. O que você sabe de seres superiores?*

ME — Tudo bem se eu lhe fizer uma pergunta pessoal?

— *Sim, desde que seja uma pergunta sobre você e não sobre nós. Não gostamos de falar sobre nós. Muito.*

ME — Bem, você pode me dizer alguma coisa sobre mim que acha que vai me ajudar?

— *Nós sabemos que você é mais sensível do que as pessoas percebem e às vezes se preocupa com dinheiro. Tem uma pessoa importante para você, cujo nome começa com J ou D. Você gostaria de tirar férias. Como estamos nos saindo?*

ME — Fantástico. Como você pode saber essas coisas?

— *Nós podemos ver o passado, o presente e o futuro se desenrolando como um leque de papel. Você está numa dessas dobras.*

ME — Se nossos leitores estiverem interessados em lhe fazer perguntas pessoais, como podem contatar você?

— *Já estávamos achando que você não iria perguntar isso. Basta mandar seus leitores ligarem para o nosso número de telefone 900^{26}. Ficaremos felizes em responder a todas as perguntas. O limite de seu cartão de crédito foi atingido. Por favor, registre um outro número de cartão para continuar esta sessão.*

AFIRMAÇÕES

• Se a voz de alguém parecer esquisita, a pessoa pode estar fazendo comunicação espiritual.

• Se você vai engolir um sapo, peça que ele satisfaça seus três desejos.

• Vou aceitar a palavra de qualquer pessoa que diga que não tem um corpo.

• Eu não quis dizer isso. Estava fazendo comunicação espiritual.

---

26. Mencione *Me engana que eu gosto* para ganhar 10 por cento de desconto em sua primeira chamada.

21
O PODER DE CURA DA CONFUSÃO

AS BASES CIENTÍFICAS DO DOCE ILUSÃO

A física moderna tem sido uma dádiva de Deus para o negócio da auto-ajuda. Como a ciência é o árbitro máximo para o que é verdadeiro hoje em dia, é animador de fato descobrir que nossas crenças e suposições mais caras são apoiadas pelas descobertas da ciência — quando não dos profissionais dela.

Na base dessas crenças está a idéia de que *qualquer coisa pode acontecer*; não importa que as coisas estejam indo mal, elas podem mudar de maneiras milagrosas.

O suporte científico para essa idéia vem da percepção de que ninguém pode prever coisa alguma com certeza absoluta — fenômeno esse conhecido como *indeterminação quântica*. Infelizmente, os físicos, com sua estreita visão de mundo, limitaram a aplicação dessa descoberta a áreas enfadonhas como a medição da posição ou velocidade de elétrons. Eles sustentam que a indeterminação se aplica apenas ao nível quântico, dentro dos átomos e moléculas que compõem o mundo.

Mas o mundo não *pertence* à ciência. É o seu mundo. São seus átomos, suas moléculas, seus *quanta*. Quem poderia dizer que o mesmo princípio da indeterminação não pode ser aplicado ao seu escore de golfe, ao curso de sua doença ou à sua chance de ganhar na loteria?

O segredo é *fazer que a imprevisibilidade quântica trabalhe para você.*

"Esses *quanta* são tão pequenos", diria você com seus botões, "não posso obrigá-los a fazer alguma coisa que quero."

E você nem precisa saber o que está fazendo. Como salientamos no capítulo 15, você não precisa entender o processo de digestão para comer, não é mesmo? Na verdade, existem certas coisas que seria melhor não sabermos.

Você nem precisa ter alguma idéia do que estou falando para se beneficiar da indeterminação quântica. Talvez você seja uma dessas pessoas cujos olhos ficam embaciados com a mera menção de algo científico. Não importa. Na verdade, é provável que isso ajude.

Lembre-se apenas disso: *de acordo com a ciência, tudo pode acontecer.* Você só precisa assegurar-se de que aquilo que de fato acontece seja aquilo que você deseja que aconteça. Moleza.

A mina de ouro da relatividade

Uma outra área da física que é uma bênção para os auto-ajudadores é a famosa teoria da relatividade de Einstein.

Enquanto alguns acham deprimente pensar que nada é absoluto, existe uma série de maneiras a que você pode recorrer para converter a relatividade em seu benefício.

Se alguma figura de autoridade lhe diz alguma coisa que você não quer ouvir, basta você dizer para si mesmo: "O que ele sabe? Tudo é relativo". (Pode ser que seja uma "ela", mas em geral são homens.)

Se você está se sentindo mal, pense com seus botões: "Sem dúvida, existe alguém que está se sentindo pior. Tudo é relativo".

Se você não puder encarar alguma verdade desagradável, pense: "Afinal de contas, o que é verdade num mundo de forças fortuitas? Tudo é relativo".

Se você está se sentindo gordo, feio, pobre, chato, cansativo, confuso, perplexo, embriagado, ingênuo, frívolo, banal, ordinário, lerdo, simples, estúpido, obtuso, ignorante, enganador, falso, desempregado, preguiçoso, bom para nada, ou qualquer combinação do que foi mencionado, basta lembrar: *tudo é relativo.*

Flecha do tempo

De acordo com aqueles que se ocupam com essas coisas, as equações da física não especificam uma direção para tempo, ou seja, as equações funcionam bem com o *tempo* movendo-se para a frente ou para trás.

Daí — num salto de fé tão digno quanto qualquer outro deste volume — muitos físicos afirmam que o tempo é *bidimensional* e que nossa visão do tempo segundo a qual ele só vai numa direção é ilusória. Na melhor das hipóteses, nossa experiência do tempo movendo-se para a frente é aquilo que é conhecido como um *caso especial*, aquele que é submetido, para usar uma frase do filósofo Alfred North Whitehead, "à formalidade de ocorrer de fato".

Os físicos são cientistas, afinal de contas, de modo que devem saber do que estão falando. Compartilhemos dessa fé por um momento para ver aonde ela nos leva.

A vantagem mais óbvia do tempo bidimensional seria a oportunidade de voltar atrás e corrigir nossos erros. Tudo bem, ninguém foi capaz de fazer isso, pelo que sabemos, mas não é legal saber que algumas das pessoas mais inteligentes do mundo estão trabalhando nisso?

Também podemos ser capazes de ir à frente no tempo para prever as conseqüências de nossas ações, depois voltar atrás e tentar minimizar o dano.

Tudo isso é teórico, é claro. Mas, por outro lado, a bomba atômica também o era.

AFIRMAÇÕES

- Tudo é possível quando não sei do que estou falando.
- Ignorarei o óbvio. Acreditarei no impossível.
- Esse negócio faz sentido quando não penso nele.

22 ALÉM DA CIÊNCIA

A MANEIRA DA ARROGÂNCIA LEVIANA

Ao mesmo tempo que a ciência pode ser posta para trabalhar em nosso proveito por meio de uma interpretação liberal de suas descobertas (tal como fizemos no capítulo 21), muitas vezes lhe é concedida maior soberania do que merece. A fé ingênua que as pessoas têm na autoridade da ciência é em si uma forma de doce ilusão.

Não que a ciência esteja errada. Apenas é irrelevante. As coisas mais importantes da vida — a beleza de um pôr-do-sol, o sentido de um poema, a alegria de um jogo de bola — estão tão além dos limites do reino da ciência e da razão a ponto de serem de um mundo inteiramente diferente.

A ciência erra quando esquece sua esfera de ação limitada. A despeito do que ouvimos na televisão, a natureza não é ciência. As plantas e os animais, o clima, os planetas e as estrelas, todos se sairiam muito bem — na verdade, melhor — sem nossa interferência.

Nem sempre é apropriado usar a ciência como um padrão de comparação para o que é verdadeiro. Como podemos dizer que uma idéia como a da reencarnação não é válida porque não pode ser explicada pela ciência? A ciência nem consegue explicar como nós podemos nascer *uma vez*.

"Nós somos, na verdade, apenas moléculas", disse Carl Sagan, um importante propagador da visão de que a ciência tem todas as respostas. Ele também podia ter dito: "Uma peça de Shakespeare é, na verdade, apenas palavras". É esse tipo de pensamento reducionista que eleva Não Entender a Coisa ao *status* de religião.

Assim, enquanto a ciência pode não estar errada muitas vezes, os cientistas freqüentemente estão.[27]

Complexo de edifício

Com muita freqüência é o leigo em geral inteligente (como você) que comete o erro de imaginar que a ciência tem as respostas derradeiras. Nessa visão, é só uma questão de tempo

---

27. Não são apenas os cientistas que têm propensão ao reducionismo. Esta é uma de minhas histórias favoritas:

Um jovem estudante se aproximou de seu mentor espiritual e perguntou:

— Em que o universo se assenta?

— Essa é uma boa pergunta, meu filho — respondeu o mentor. — Ele se assenta nas costas de um enorme elefante.

— Mas em cima de que está o elefante? — perguntou o estudante.

— Está em cima das costas de quatro tartarugas — disse o mentor.

— E as tartarugas estão em cima de quê? — perguntou o estudante.

— Estão em cima de quatro rochas — disse o professor, já claramente irritado.

— Mas em cima de que estão as rochas? — insistiu o estudante.

— Meu jovem — disse o mentor —, daí pra baixo é tudo rocha.

para que a ciência preencha todas as lacunas de nossa compreensão do mundo. Quando o edifício do conhecimento estiver completo, seremos capazes de prever com certeza qualquer coisa com o emprego de nossa pequena mente brilhante.

Mas foi a própria ciência que revelou a insubstancialidade do mundo material. O edifício que estamos esperando construir é, tal como o átomo, principalmente espaço vazio — ou, nesse caso, ar quente.

Há profundas limitações, tanto teóricas como práticas, de nossa capacidade de conhecer e prever o comportamento do mundo físico, sem mencionar o mundo vivo. A idéia de que "qualquer dia agora" teremos uma Teoria de Tudo, ou de *alguma coisa* significativa no que diz respeito a isso, não tem mais ou menos base do que a idéia de que as fadas estão prestes a dar um vôo rasante para levar todos os nossos problemas embora.[28]

O cientista especula

Mas, para não construirmos um edifício em cima de nosso homem de palha, devemos salientar que nem todos os cientistas compartilham dessa fé absoluta, embora fora de lugar, no sistema.

Há a seguinte história sobre Niels Bohr, o físico dinamarquês autor da teoria quântica:

Ao visitar o cientista em sua casa, um jornalista percebe que acima da porta há uma ferradura.

— Certamente, professor Bohr — diz o jornalista —, um cientista como o senhor não acredita que uma ferradura vá trazer boa sorte.

---

28. Você pode pensar que estou inventando isso, mas uma busca no Google para "Teoria de Tudo" revelou 18.600 achados.

— Não, claro que não — replica Bohr. — Mas suponho que isso funciona mesmo que você não acredite.[29]

Quanto mais genial o cientista, quanto mais profundo o pensador, maior a probabilidade de que ele ou ela se desvie do estereótipo e nos surpreenda com uma mente aberta e amplitude de interesse.

Assim, se pudermos deixar a ironia e ficarmos sem graça por um momento, permita-nos oferecer essas...

AFIRMAÇÕES PARA CIENTISTAS

- Deixarei espaço para mistérios — da vida, da natureza, das relações humanas, da mente, do espírito — e deixarei aberta a possibilidade de que aquilo que penso que sei pode muito bem estar errado.
- Quando ouvir alguma coisa nova, não a tratarei como algo já conhecido, e admitirei, quando acareado com a prova, que uma idéia à qual eu tinha me oposto antes pode muito bem ser o caso.
- Especularei fora do meu campo de especialidade e empurrarei meu campo para território desconhecido e abismos mais profundos.
- Estimularei o trabalho de outros, mesmo quando esse trabalho possa apresentar um desafio às minhas próprias realizações e autoridade.
- Aceitarei a probabilidade de que nós, humanos, estamos talvez longe de sermos o auge da criação universal.

---

29. Segundo alguns, foi o próprio Bohr quem contou essa história sobre um vizinho. O modelo do átomo de Niels Bohr foi mostrado, de forma simplificada, no filme de Disney, de 1950, *Nosso amigo, o átomo*.

23 HUMOR E ORAÇÃO

QUANDO TUDO O MAIS FALHA

"A vida é uma metáfora."

Nada do que você possa dizer poderia ser mais irritante para o verdadeiro crente.

A idéia de que a interpretação é tudo, ou de que não existe nenhuma verdade absoluta, é exasperadora para os protetores da fé. Seria como se um torcedor fanático de beisebol dissesse que Babe Ruth fez sessenta *home runs*[30] em 1927 e você respondesse: "É, pode ser".

O maior pecado, para esses matutos, é o relativismo espiritual. A idéia de um mundo de "como seria se" não é aceitável. Ou você está conosco ou

---

30. Golpe que permite ao batedor percorrer o circuito das bases de uma só vez. (N.E.)

está contra nós (como a política externa dos Estados Unidos)[31].

Oremos

Para algumas dessas pessoas, e para muitas outras, oração é aquilo que você faz com as crianças ao lado da cama ou antes de jantar. É o que você faz na igreja, no templo ou na mesquita. Pouco importa para Quem você está se dirigindo.

Outros — os casos típicos para este livro — diriam que *todo* pensamento é oração, que os murmúrios positivos e negativos da mente são projetados para fora no mundo e que formam o mundo segundo essa imagem. Explicações para isso podem incluir Deus ou não, dependendo do indivíduo.

Outros ainda podem dizer que a oração é sem sentido e ineficaz, que só a ação física pode afetar o mundo. Questões concernentes a Deus ou à metafísica podem deixar essas pessoas nervosas e irascíveis.

Onde está a verdade? Em algum lugar no meio? Ou em parte nenhuma?

Enquanto algumas pessoas rezam a Deus, outras, para seu espírito protetor pessoal, e outras para si mesmas, a oração ajuda todas essas pessoas a reconhecer aquilo que realmente desejam, o que não é pouca coisa. É doce ilusão esperar que suas orações sejam respondidas, mas, se você *não* espera que sejam respondidas, então não fez uma oração.

---

31. Em *A filosofia de "como seria se"* Hans Vaihinger argumentou que, como a realidade não pode ser conhecida de fato, os seres humanos constroem sistemas de pensamento para satisfazer suas necessidades e, em seguida, supõem que a realidade concorda com suas construções, ou seja, as pessoas agem "como se" o real fosse aquilo que elas supõem que seja.

Estranhos companheiros de cama

As orações podem curar, ou assim fomos levados a acreditar. O humor também pode, como inúmeros estudos demonstraram. Tão pouco como compreendemos o processo de cura, menos ainda compreendemos os mecanismos da oração e do humor.

O que mais humor e oração têm em comum?

1. Ambos se valem de uma força misteriosa e pouco compreendida (embora não necessariamente a mesma).
2. Ambos proporcionam conforto em tempos de dificuldade.
3. Ambos ficam enfadonhos quando repetidos com muita freqüência.
4. Ambos são formas de súplica.
5. Ambos não podem machucar.

Isso é exagerar as coisas? Talvez. O que você vai fazer em relação a isso? O livro está quase no fim. Se ele fez seu trabalho, e se esse negócio de "poder de cura do humor" é tudo isso que dizem por aí, então você deve estar melhor agora.

Ainda está com algumas dores e pontadas? Que tal algumas orações?

Não se pode rezar sem um cartão de marcação dos resultados

- Deus, conceda-me a sagacidade para escarnecer das coisas que não posso compreender, a inteligência para convencer os outros de que sei do que estou falando e a sabedoria para saber quando devo fechar o bico.

- Senhor, me dê um sinal de que pode me ouvir e Lhe darei um desconto em seu próximo corte de cabelo.

- Perdoe nossas transgressões, nossos pecadilhos e nossas brincadeiras, pois esses são crimes de colarinho branco. Não nos leve à tentação, a menos que esteja preparado para fazer a entrega.

- Ó Senhor, o que é preciso para ser servido por aqui?

- Proteja-me, querido Senhor. Meus pés são tão pequenos, e seus sapatos são tão grandes.

- Ó Senhor, converta o mundo — e comece por meu sócio.

- Procuro vosso bastão para me confortar, mas não consigo entender vosso sistema de *voice-mail*.

- Agora deito na cama, ouço essas vozes em minha cabeça. Espero morrer antes de acordar, ou então alguém cometeu um grande erro.

- Perdoa-me, Senhor, se pareço distraído. O Senhor me deixou com um bocado de coisas para tratar aqui.

- Por favor, deixa-me ver antecipadamente o curso das coisas para que eu possa fazer uma aposta no resultado.

- Louvado seja, ó Senhor,
  Que criou o *e-mail*.

- Conduza-nos em direção ao caminho da justeza. Ou, se isso falhar, onde posso conseguir uma rosquinha?

- Abençoado sois vós, ó Senhor nosso Deus, Rei do Universo, por dar-nos a graça de calcular tudo.

AFIRMAÇÕES

- Não importa para quem eu rezo, desde que eu mande dinheiro.

- Quando rezo, em geral sei a resposta.

- Se Deus não tiver senso de humor, estarei numa baita encrenca.

LEITURA RECOMENDADA

Palavrório, melodrama e papo furado
de H. T. Murgetroyd

A profecia Celofane
de Red Jamesfield

Sopa de galinha para mesa de cozinha
de Jack Semcerto

Segredos ocultos perigosos para os milhões
de Aleister Sfarelo

A graça no fim da pechincha
do Xeque Mepega Sepode

Como subir na cama e sair dela
de Bertha Vanação

O ponto I: encontrando seu chakra da intuição
de A. W. Caô

Inanidade para palermas
de R. U. Brinka

A mina de ouro da intuição: dez maneiras de você gerar renda
de Karma Cordeouro

O livro da auto-referência
de I. T. Ego

Intimidação espiritual
de Baba Gin Rumi

Pare de tentar: um livro de como não fazer
de Swami Bananananda

O caminho do Yeti: dicas de saúde e beleza do Himalaia
de Lama Lama

Um guia do sabe-tudo para a ciência
de Y. I. Zerão

Este livro foi composto em Fudoni Two, Kabel, New Baskerville e Zapf Dingbats pela Globaltec e impresso em offset pela Geográfica Gráfica e Editora sobre papel Alta Alvura 90g/m² da Cia. Suzano de Papel e Celulose. Produzidos 3.000 exemplares para a Editora Planeta do Brasil em fevereiro de 2004.